纳兰词集

[清] 纳兰性德 著
谭慧 注

中华国学经典精粹

北京联合出版公司
Beijing United Publishing Co.,Ltd.

图书在版编目（CIP）数据

纳兰词集 /（清）纳兰性德著；谭慧注 . —北京：北京联合出版公司，2016.9（2022.8 重印）

（中华国学经典精粹）

ISBN 978-7-5502-8793-8

Ⅰ . ①纳… Ⅱ . ①纳… ②谭… Ⅲ . ①词（文学）—作品集—中国—清代 Ⅳ . ① I222.849

中国版本图书馆 CIP 数据核字（2016）第 238729 号

纳兰词集

作　　者：纳兰性德

责任编辑：李　红　徐秀琴

封面设计：颜　森

北京联合出版公司出版

（北京市西城区德外大街 83 号楼 9 层　100088）

北京华夏墨香文化传媒有限公司发行

三河市东兴印刷有限公司印刷　新华书店经销

字数 130 千字　880 毫米 ×1230 毫米　1/32　5 印张

2019 年 5 月第 3 版　2022 年 8 月第 8 次印刷

ISBN 978-7-5502-8793-8

定价：36.00 元

前言

他，一位多情的翩翩公子，武功出众的御前一品侍卫；他经史百家无所不窥，书画骑射无所不精；他生于温柔富贵，却满篇哀感顽艳；身处花柳繁华，心却游于喧嚣之外；他声名显赫，却向往恬淡平静的生活；身为八旗子弟，却爱结交落魄文人；他行走于仕途，一生却为情所累；追求真挚永恒的情感，却屡遭命运打击；正当风华正茂之时，却匆匆离世。

一位几乎拥有世间一切的多情男子，一段三百年来倾倒无数后人的传奇。

他，就是被誉为“清代第一词人”的纳兰性德。

他笔墨函砚，吹花嚼蕊，以真心之字，诉衷情之心。他用词章抒写自己的故事，词作多以思乡、思亲、思友为线，其词风淡雅又不乏真情实意，哀感顽艳而不媚俗。一首首小词似乎信手拈来，却总能掀起读者内心巨大的波澜。

透过纳兰明净清婉、隽秀感人的小令长调，我们仿佛能看到那个拥有绝世才华、出众容貌、高洁品行的人站在那里，散发着一股浪漫凄苦、遗世独立的气息，华美至极，多情至极，孤独至极。这位名满京国的贵公子，始终在浮华的尘世中守望着一段纯净的人生，一方精神的自由。

华贵的悲哀，优美的感伤。他的词作让无数人为之倾倒，广为传唱，一时有“家家传唱饮水词”之说，备受当时及后世好评。梁启超曾评纳兰词：“容若小词，直追后主。”陈维嵩也认为：“《饮水词》哀感顽艳，得南唐后主之遗。”王国维更是欣赏称道，说：“纳兰容若以自然之眼观物，以自然之舌言情。此由初入中原未染汉人风气，故能真切如此。北宋以来，一人而已。”而况周颐也在《蕙风词话》中誉其为“国初第一词手”。

纯任性灵，纤尘不染。如今，纳兰已不仅仅是词论家眼中那个“以自然之眼观物”的满族词人，更是人们心底对于生命最本真情怀的深切关注。于是，面对人类柔弱的心灵，亲近纳兰，就成了一次重生的精神洗礼。

他哀婉的诗词，始终散发着一种能够穿透生命的力量。时光已经轮回几许，在幽深的暗夜里，在寂静的时光里，一阕词轻轻吟唱开来，那些情愫穿透时光的城墙，在历史的长河中缓缓升起，总能唤醒人们沉睡在心底那一丝最柔软的情感。

如鱼饮水，冷暖自知。

叹悲叹喜，几人能明。

目录

卷一

卷二

卷三

卷四

卷五

补遗卷一

补遗卷二

卷　一

临江仙（点滴芭蕉心欲碎）

点滴芭蕉心欲碎，声声催忆当初。欲眠还展旧时书。鸳鸯小字[①]，犹记手生疏。

倦眼乍低缃帙[②]乱，重看一半模糊。幽窗冷雨一灯孤。料应情尽，还道有情无？

【注释】

①鸳鸯小字：指相思爱恋的文辞。《全元散曲·水仙子·冬》：“意悬悬诉不尽相思，谩写下鸳鸯字，空吟就花月词，凭何人付与娇姿。”

②缃帙（xiāng zhì）：浅黄色书套，此代指书卷。

【点评】

幽窗一灯孤，还道有情无。为说情。上片、下片，布景、说情，其所记叙，虽近在眼前，但其旨意，随着有与无的思量，却仍有余地，可以推向久远。

——施议对

少年游（算来好景只如斯）

算来好景只如斯，惟许有情知。寻常风月[①]，等闲谈笑，称意即相宜。

十年青鸟[②]音尘断，往事不胜思。一钩残照[③]，半帘飞絮，总是恼人时。

【注释】

①风月：本指清风明月，后代指男女情爱。

②青鸟：神话传说中为西王母取食传信的神鸟。《山海经·西山经》：“又西二百二十里，曰三危之山，三青鸟居之。”郭璞注：“三青鸟主为西王母取食者，别自栖息于此山也。”又，汉班固《汉武故事》云：“七月七日，上于承华殿斋，正中，忽有一青鸟从西方来，集殿前。上问东方朔，朔曰：‘此西王母欲来也。’有顷，王母至，有两青鸟如乌，侠侍王母傍。”后遂以“青鸟”为信使的代称。

③残照：此处指月亮的余辉。

茶瓶儿（杨花糁径樱桃落）

杨花糁径[1]樱桃落。绿阴下、晴波[2]燕掠。好景成担阁。秋千背倚，风态宛如昨。

可惜春来总萧索。人瘦损[3]、纸鸢风恶。多少芳笺[4]约，青鸾[5]去也，谁与劝孤酌?

【注释】

①糁（sǎn）径：洒落在小路上。糁，煮熟的米粒，这里指散落。

②晴波：阳光下的水波。唐杨炯《浮沤赋》："状若初莲出浦，映晴波而未开。"

③瘦损：消瘦。

④芳笺：带有芳香的信笺。

⑤青鸾：即青鸟或指女子。唐王昌龄《萧驸马宅花烛》诗："青鸾飞入合欢宫，紫凤衔花出禁中。"

忆王孙（暗怜双绁郁金香）

暗怜双绁[1]郁金香，欲梦天涯思转长。几夜东风昨夜霜，减容光[2]，莫为繁花又断肠。

【注释】

①双绁（xiè）：指郁金香成双成对。绁，拴、缚，此处谓两花相并。

②容光：脸上的光彩。

忆王孙（刺桐花底是儿家）

刺桐[1]花底是儿家[2]。已拆秋千未采茶。睡起重寻好梦赊[3]。忆交加[4]，倚着闲窗数落花。

【注释】

①刺桐：树名，亦称海桐、木芙蓉，因其枝干间有圆锥形棘刺，故名。

②儿家：古代年轻女子对其家的自称，犹言我家。

③赊：稀少，渺茫。

④交加：即男女相偎，亲密无间。

忆王孙（西风一夜剪芭蕉）

西风一夜剪芭蕉。满眼芳菲总寂寥。强把心情付浊醪[1]，读《离骚》。洗尽秋江日夜潮。

【注释】

①浊醪：即浊酒。

调笑令（明月）

明月，明月。曾照个人离别。玉壶红泪[①]相偎，还似当年夜来。来夜，来夜，肯把清辉[②]重借？

【注释】

①玉壶红泪：晋王嘉《拾遗记》卷七："（魏）文帝所爱美人，姓薛名灵芸，常山人也。……时文帝选良家子女以入六宫，（谷）习以千金宝赂聘之，既得，乃以献文帝。灵芸闻别父母，嘘唏累日，泪下沾衣。至升车就路之时，以玉唾壶承泪，壶则红色。既发常山，及至京师，壶中泪凝如血。"后因以"玉壶红泪"称美人泪。

②清辉：清澈明亮的光辉，此处指月光。

河传（春浅）

春浅[①]，红怨[②]，掩双环[③]。微雨花间昼闲，无言暗将红泪弹。阑珊，香销轻梦还。

斜倚画屏思往事，皆不是，空作相思字。记当时，垂柳丝，花枝，满庭蝴蝶儿。

【注释】

①春浅：春意浅淡。

②红怨：为花落伤感。

③双环：门上的双环，此处代指关门。

蝶恋花　散花楼送客（城上清笳城下杵）

城上清笳[①]城下杵。秋尽离人，此际心偏苦。刀尺又催天又暮，一声吹冷蒹葭[②]浦。

把酒留君君不住。莫被寒云，遮断君行处。行宿黄茅山店[③]路，夕阳村社[④]迎神鼓。

【注释】

①清笳：谓凄清的胡笳声。唐杜甫《洛阳》诗："清笳去宫阙，翠盖出关山。"

②蒹葭：蒹和葭都是水草，本指在水边怀念故人，后以"蒹葭"泛指思念异地友人。

③黄茅山店：指荒村野店。黄茅，茅草名。唐白居易《代书诗一百韵寄微之》："官舍黄茅屋，人家苦竹篱。"

④村社：旧时农村祭祀社神的日子或盛会。

【点评】

词由景起，写秋天将尽，清笳声叠和着砧杵声传来，一片凄凉的氛围。正此时，“客”将上路远行，置酒送别，自是悲凉伤感，故云“心偏苦”。上片结句又以景收束，进一步烘托了惜别恋友、悲苦无奈的凄清之感。下片由眼前饯别之情景设想“客”在旅途上的景况，此系虚拟之景，更突出了眷恋之情和伤离之意。

——张秉戍

虞美人（绿阴帘外梧桐影）

绿阴帘外梧桐影，玉虎[①]牵金井[②]。怕听啼鴂[③]出帘迟，恰到年年今日两相思。

凄凉满地红心草[④]，此恨谁知道？待将幽忆寄新词，分付芭蕉风定月斜时。

【注释】

①玉虎：井上的辘轳。

②金井：栏上有雕饰的水井，一般用以指宫廷园林里的井。

③啼鴂（jué）：杜鹃鸟啼鸣。

④红心草：草名。相传唐王炎梦侍吴王，久之，闻宫中出辇，鸣箫击鼓，言葬西施。吴王悲悼不已，立诏词客作挽歌。炎应教作了《西施挽歌》，有“满地红心草，三层碧玉阶”之句。后以“红心草”作为美人遗恨的典故。

虞美人（曲阑深处重相见）

曲阑深处重相见，匀泪[①]偎人颤。凄凉别后两应同，最是不胜清怨月明中。

半生已分孤眠过，山枕[②]檀痕[③]涴[④]。忆来何事最销魂，第一折枝[⑤]花样画罗裙。

【注释】

①匀泪：拭泪。

②山枕：古代中间低凹、两端突起的山形枕头。

③檀痕：带有胭脂的泪痕。

④涴（wò）：浸渍，染上。

⑤折枝：中国花卉画的技法之一，不画全株，只画连枝折下的部分。

虞美人（峰高独石当头起）

峰高独石当头起，影落双溪水。马嘶人语各西东，行到断崖无路小桥通。

朔鸿[①]过尽归期杳，人向征鞍老。又将丝泪[②]湿斜阳，回首十三陵树暮云黄。

【注释】

①朔鸿：从北方往南飞的大雁。

②丝泪：谓泪如雨丝。

采桑子（彤霞久绝飞琼字）

彤霞久绝飞琼[①]字[②]，人在谁边。人在谁边，今夜玉清[③]眠不眠。

香消被冷残灯灭，静数秋天。静数秋天，又误心期[④]到下弦。

【注释】

①飞琼：即许飞琼，传说中西王母身边的侍女，后泛指仙女。

②字：书信。

③玉清：原指仙人。陈士元《名疑》卷四引唐李冗《独异志》谓："梁玉清，织女星侍儿也。秦始皇时，太白星窃玉清逃入衙城小仙洞，十六日不出，天帝怒谪玉清于北斗下。"这里指所思念的人。

④心期：心愿，心意。

采桑子（谁翻乐府凄凉曲）

谁翻[①]乐府凄凉曲，风也萧萧，雨也萧萧，瘦尽灯花又一宵。

不知何事萦怀抱[②]，醒也无聊，醉也无聊，梦也何曾到谢桥[③]。

【注释】

①翻：演唱，演奏。

②怀抱：心胸。

③谢桥：谢娘桥，古时称所爱的女子为"谢娘"，称其所居处为"谢桥"。

采桑子（土花曾染湘娥黛）

土花[①]曾染湘娥黛，铅泪[②]难消。清韵[③]谁敲，不是犀椎[④]是凤翘[⑤]。

只应长伴端溪紫[6]，割取秋潮。鹦鹉偷教，方响[7]前头见玉箫。

【注释】

①土花：苔藓。

②铅泪：晶莹的眼泪。语自唐李贺《金铜仙人辞汉歌》："空将汉月出宫门，忆君清泪如铅水。"

③清韵：清雅和谐的声响，指竹林风动之声。

④犀椎：即犀槌，古代打击乐器——方响中的犀角制小槌。

⑤凤翘：古代妇女凤形首饰。

⑥端溪紫：即紫色的端溪砚。端溪，溪名，在广东高要东南，产砚石，制成称端溪砚或端砚，为砚中上品，即以"端溪"称砚台。

⑦方响：古磬类打击乐器，由十六枚大小相同、厚薄不一的长方铁片组成，分两排悬于架上，用小铁槌击奏。创始于南朝梁，为隋唐宴乐中常用乐器。

采桑子（而今才道当时错）

而今才道当时错，心绪凄迷。红泪偷垂，满眼春风百事非。
情知此后来无计，强说欢期[1]。一别如斯，落尽梨花月又西。

【注释】

①欢期：佳期，重会的日子。

采桑子（严霜拥絮频惊起）

严霜拥絮频惊起，扑面霜空[1]。斜汉[2]朦胧，冷逼毡帷火不红。
香篝[3]翠被浑闲事，回首西风。何处疏钟[4]，一穗灯花似梦中。

【注释】

①霜空：秋冬的晴空。

②斜汉：指秋天向西南方偏斜的银河。

③香篝：熏笼，古代室内焚香所用之器。

④疏钟：稀疏的钟声。

采桑子（冷香萦遍红桥梦）

冷香萦遍红桥[1]梦，梦觉城笳。月上桃花，雨歇春寒燕子家。
箜篌[2]别后谁能鼓，肠断天涯。暗损韶华[3]，一缕茶烟透碧纱[4]。

【注释】

①红桥：桥名，在江苏扬州，明崇祯时建，为扬州游览胜地之一。

②箜篌：古代拨弦乐器名，分竖式和卧式两种。

③韶华：美好的光阴，比喻青春年华。

④碧纱：绿纱灯罩。

采桑子　咏春雨（嫩烟分染鹅儿柳）

嫩烟分染鹅儿柳[①]，一样风丝。似整如欹[②]，才着春寒瘦不支。
凉侵晓梦轻蝉[③]腻，约略红肥。不惜葳蕤[④]，碾取名香作地衣[⑤]。

【注释】

①鹅儿柳：泛着鹅黄色的柳枝。

②欹：通“攲”，倾斜。

③轻蝉：即蝉鬓，此处代指闺中人。

④葳蕤（wēi ruí）：形容草木茂盛，枝叶下垂的样子。

⑤地衣：地毯。

采桑子　塞上咏雪花（非关癖爱轻模样）

非关癖爱轻模样[①]，冷处偏佳。别有根芽[②]，不是人间富贵花。
谢娘[③]别后谁能惜？飘泊天涯。寒月悲笳[④]，万里西风瀚海沙。

【注释】

①轻模样：大雪纷飞状。孙道绚《清平乐·雪》：“悠悠扬扬。做尽轻模样。”此谓对于雪花的偏爱。

②根芽：比喻事物的根源、根由。

③谢娘：即谢道韫，东晋诗人，谢安侄女，王凝之之妻。以一句“未若柳絮因风起”咏雪而闻名，后世因而称女子的诗才为“咏絮才”。

④悲笳：悲凉的笳声。笳，古代军中号角，其声悲壮。

采桑子（桃花羞作无情死）

桃花羞作无情死，感激东风。吹落娇红，飞入闲窗伴懊侬[①]。
谁怜辛苦东阳[②]瘦，也为春慵[③]。不及芙蓉，一片幽情冷处浓。

【注释】

①懊侬：懊恼烦闷的人，此处为作者自指。

②东阳：即南朝著名美男子沈约。因其曾为东阳太守，故称。

③春慵：春天的懒散情绪。

采桑子（拨灯书尽红笺也）

拨灯书尽红笺①也，依旧无聊。玉漏②迢迢，梦里寒花③隔玉箫④。
几竿修竹三更雨，叶叶萧萧。分付秋潮，莫误双鱼⑤到谢桥。

【注释】

①红笺：红色笺纸，多用以题写诗词或作名片等。

②玉漏：古代计时漏壶的美称，唐苏味道《正月十五夜》诗：“金吾不禁夜，玉漏莫相催。”

③寒花：寒冷时节开放的花，多指菊花。

④玉箫：人名。传说唐韦皋未仕时，寓江夏姜使君门馆，与侍婢玉箫有情，约为夫妇。韦归省，愆期不至，箫绝食而卒，玉箫转世，终为韦侍妾。事见唐范摅《云溪友议》卷三，多借指姬妾。后人以此为情人订盟之典。亦称玉箫侣约。

⑤双鱼：代指书信。

采桑子（凉生露气湘弦润）

凉生露气湘弦①润，暗滴花梢。帘影谁摇，燕蹴风丝上柳条。
舞鹍②镜匣开频掩，檀粉③慵调。朝泪如潮，昨夜香衾觉梦遥。

【注释】

①湘弦：即湘瑟，湘妃所弹之瑟。亦指代瑟。瑟，弦乐器。

②鹍（kūn）：形似鹤，黄白色。

③檀粉：化妆用的香粉。

采桑子（谢家庭院残更立）

谢家庭院①残更②立，燕宿雕梁。月度银墙③，不辨花丛那辨香。
此情已自成追忆，零落鸳鸯。雨歇微凉，十一年前梦一场。

【注释】

①谢家庭院：指南朝宋谢灵运家，灵运于会稽始宁县有依山傍水的庄园，后因用以代称贵族家园，亦指闺房。晋谢奕之女谢道蕴及唐李德裕之妾谢秋娘等都负有盛名，故后人多以“谢家”代指闺中女子。

②残更：旧时将一夜分为五更，第五更时称残更。

③银墙：月光下泛着银白颜色的墙壁。

采桑子（明月多情应笑我）

明月多情应笑我，笑我如今。辜负春心[1]，独自闲行独自吟。

近来怕说当时事，结遍兰襟[2]。月浅灯深，梦里云归何处寻。

【注释】

①春心：春景所引发的意兴及情怀。

②兰襟：芬芳的衣襟，比喻知己之友。《易·系辞上》：“二人同心，其利断金；同心之言，其臭如兰。”襟，连襟，彼此心连心。

谒金门（风丝袅）

风丝[1]袅，水浸碧天清晓。一镜[2]湿云青未了，雨晴春草草[3]。

梦里轻螺[4]谁扫，帘外落花红小。独睡起来情悄悄，寄愁何处好。

【注释】

①风丝：风中的柳树枝条。

②一镜：指像一面明镜的水。

③草草：忧虑劳神的样子。

④轻螺：指黛眉。螺，螺黛，古人用以画眉的青黑色颜料。

【点评】

“草草”二字妙甚。“独睡”二句婉约。

——陈廷焯

在雨过天晴的春晨，闺中的少妇一觉醒来，不仅愁思缭乱，“独睡起来情悄悄”是全诗的核心。这词格调轻巧俊美，和晏几道的词味很接近。

——黄天骥

菩萨蛮　寄梁汾[1]苕中[2]（知君此际情萧索）

知君此际情萧索，黄芦[3]苦竹[4]孤舟泊。烟白酒旗青，水村鱼市晴。

柁楼[5]今夕梦，脉脉春寒送。直过画眉桥，钱塘江上潮。

【注释】

①梁汾：顾贞观，字华峰（一作“封”），号梁汾。江苏无锡人，康熙十一年举

人，著有《积书岩集》及《弹指词》。

②苕中：一名苕水，有二源，一曰东苕，出浙江天目山之阳，东流经临安、余杭、杭县，又东北经德清县为余石溪，北至吴兴县为溪；一曰西苕，出天目山之阴，东北流经孝丰县，又北经安吉县，又东经长兴县，至吴兴县城中，两溪合流，由小梅、大浅两湖口入于太湖，相传夹岸多苕花，秋时飘散水上如飞雪，故名。顾梁汾南归后曾寓居苏州此地。

③黄芦：落叶灌木，叶子秋季变红。

④苦竹：又名伞柄竹，笋有苦味，不能食用。

⑤柁（tuó）楼：船上操舵之室，亦指后舱室。因高起如楼，故称。这里借指乘船之人。

忆江南（昏鸦尽，小立恨因谁）

昏鸦[①]尽，小立恨因谁？急雪乍翻香阁絮，轻风吹到胆瓶[②]梅。心字[③]已成灰。

【注释】

①昏鸦：黄昏时天空飞过的乌鸦群。

②胆瓶：长颈大腹的花瓶，因形如悬胆而得名。

③心字：即心字香，一种炉香名。明杨慎《词品·心字香》：“范石湖《骖鸾录》云：‘番禺人作心字香，用素馨茉莉半开者着净器中，以沉香薄劈层层相间，密封之，日一易，不待花蔫，花过香成。’所谓心字香者，以香末萦篆成心字也。”

忆江南（江南好，建业旧长安）

江南好，建业[①]旧长安。紫盖[②]忽临双鹢[③]渡，翠华[④]争拥六龙[⑤]看。雄丽却高寒。

【注释】

①建业：古县名。东汉建安十七年孙权改秣陵县设置，治所在今南京市，南京曾为东吴、东晋、宋、齐、梁、陈、南唐、明等八代王朝的都城，故称“旧长安”。

②紫盖：紫色车盖，帝王仪仗之一，借指帝王车驾。

③双鹢（yì）：即船头绘有鸟图像的船，此处指皇帝的游船。

④翠华：天子仪仗中以翠羽为饰的旗帜或车盖，为御车或帝王的代称。

⑤六龙：古代天子的车驾为六匹马，马八尺称龙，为天子车驾的代称。

忆江南（江南好，城阙尚嵯峨）

江南好，城阙尚嵯峨[①]。故物[②]陵前惟石马，遗踪陌上[③]有铜驼[④]。玉树[⑤]夜深歌。

【注释】

①嵯峨：形容山势高峻。

②故物：旧物，前人遗物。

③陌上：路上。

④铜驼：铜铸的骆驼，多置于宫门寝殿之前。这里指铜驼街，在今河南洛阳古洛阳城中，以道旁曾有汉铸两尊相对铜驼而得名，为古代著名的繁华区域，后代指游冶之地或繁华之地。

⑤玉树：乐府吴声歌曲名，南朝陈后主所作歌曲《玉树后庭花》的简称，被视作亡国之音，这里泛指柔美的曲调。

忆江南（江南好，怀古意谁传）

江南好，怀古意谁传。燕子矶[①]头红蓼[②]月，乌衣巷[③]口绿杨烟。风景忆当年。

【注释】

①燕子矶：地名，在江苏南京东北郊观音门外，突出的岩石屹立长江边，三面悬绝，宛如飞燕，故名。

②红蓼：蓼的一种，多生于水边，花呈淡红色。

③乌衣巷：地名，在今江苏南京，是东晋士族名门的聚居区。晋宋时期王、谢等名门望族住于此。

忆江南（江南好，真个到梁溪）

江南好，真个[①]到梁溪[②]。一幅云林[③]高士[④]画，数行泉石[⑤]故人题。还似梦游非？

【注释】

①真个：的确，真的。

②梁溪：水名，在江苏无锡西，源出惠山，流入太湖。古时此水极窄，梁时疏浚，故名。

③云林：元代画家倪瓒的别号。纳兰性德好友严绳孙擅长画山水，此处借指严绳孙。

④高士：品行高尚的人，超脱世俗的人，多指隐士。

⑤泉石：指山水。

忆江南（江南好，虎阜晚秋天）

江南好，虎阜①晚秋天。山水总归诗格②秀，笙箫③恰称语音圆。谁在木兰船④。

【注释】

①虎阜：即虎丘，山名。在江苏苏州市西北，亦名海涌山，唐时因避讳曾改称武丘或兽丘，后复旧称，相传吴王阖闾葬于此。汉袁康《越绝书·外传记·吴地传》："阖闾冢在阊门外，名虎丘……筑三日而白虎居上，故号为虎丘。"其上有虎丘塔、云岩寺、剑池、千人石等名胜古迹。

②诗格：诗的风格，此处指山水极富诗情画意。

③笙箫：笙和箫，泛指管乐器。

④木兰船：木兰舟。南朝梁刘孝威《采莲曲》："金桨木兰船，戏采江南莲。"

忆江南（江南好，水是二泉清）

江南好，水是二泉①清。味永出山那得浊，名高②有锡更谁争，何必让中泠③。

【注释】

①二泉：指无锡惠山泉，又名"陆子泉"，因其有天下第二泉之称，故名。

②名高：崇高的声誉，名声显赫。

③中泠：泉名，即中泠泉。在今江苏镇江西北金山下的长江中。今江岸沙涨，泉已没沙中。相传其水烹茶最佳，有"天下第一泉"之称。

忆江南（江南好，佳丽数维扬）

江南好，佳丽数维扬①。自是琼花②偏得月，那应金粉③不兼香。谁与话清凉④。

【注释】

①维扬：扬州的别称。《尚书·禹贡》谓"淮海惟扬州"，《毛诗》将"惟"字作"维"，后人截取二字以为名。

②琼花：一种珍贵的花，扬州琼花为绝世之珍，叶柔而莹泽，花色微黄而有

香味，有“维扬一枝花，四海无同类”一说。宋敏求《春明退朝录》卷下：“扬州后土庙有琼花一株，或云自唐所植，即李卫公所谓玉蕊花也。”宋淳熙以后，多为聚八仙（八仙花）接木移植。此花虽无古琼花异香芳郁，但树姿与花形皆似当年之琼花。

③金粉：黄色的花粉，这里代指琼花。

④清凉：凉而使人清爽。

忆江南（江南好，铁瓮古南徐）

江南好，铁瓮①古南徐②。立马③江山千里目，射蛟④风雨百灵⑤趋。北顾⑥更踌躇。

【注释】

①铁瓮：即铁瓮城，江苏镇江古城名，三国时孙权所建。宋王令《忆润州葛使君》云：“金山寺近尘埃绝，铁瓮城深气象雄。”

②南徐：古州名。东晋置徐州于京口城，南朝宋改称南徐，即今江苏镇江，历齐梁陈至隋开皇年间废。

③立马：骑在站立不动的马上，驻马。

④射蛟：指汉武帝射获江蛟之事。《汉书·武帝纪》：“（元封）五年冬，行南巡狩……自浔阳浮江，亲射蛟江中，获之。”唐李白《永王东巡歌》之九：“祖龙浮海不成桥，汉武浔阳空射蛟。”后诗文中作为颂扬帝王勇武的典故。

⑤百灵：各种神灵。《文选·班固〈东都赋〉》：“礼神，怀百灵。”李善注：“《毛诗》曰：‘怀柔百神。’”

⑥北顾：山名，即北固山，在江苏镇江市区东北江滨。有南、中、北三峰，三面临长江，形势险固，故称“北固”。有“京口第一山”之称。梁武帝曾登此山，挥笔写下“此乃天下第一江山也”的题词。后改名“北顾”。

忆江南（江南好，一片妙高云）

江南好，一片妙高①云。砚北峰峦米外史②，屏间楼阁李将军③，金碧矗斜曛④。

【注释】

①妙高：妙高峰，在江苏镇江金山的最高处，顶上有坪如台，名妙高台，一名晒台。

②米外史：宋代书画家米芾别号海岳外史，故称。

③李将军：李思训，唐宗室，人称大李将军，善画山水树石，笔力遒劲，后人画着色山水多取其法。

④斜曛：落日的余晖。

忆江南（江南好，何处异京华）

江南好，何处异京华[①]。香散翠帘[②]多在水，绿残红叶胜于花。无事[③]避风沙。

【注释】

①京华：国都，京城。

②翠帘：绿色的帘幕。

③无事：无须，没有必要。

忆江南（新来好，唱得虎头词）

新来[①]好，唱得虎头词[②]。一片冷香[③]惟有梦，十分清瘦更无诗。标格[④]早梅知。

【注释】

①新来：新近，近来。

②虎头词：作者指好友顾贞观客居苏州时所填之词。虎头，晋代画家顾恺之小字虎头，顾贞观与之同姓，这里借指顾贞观。

③冷香：指清香的花，这里指梅花的清香。

④标格：风范，品格。

【点评】

以梁汾咏梅句喻梁汾词。赏会若斯，岂易得之并世。

——况周颐

赤枣子（惊晓漏）

惊晓漏[①]，护春眠。格外娇慵[②]只自怜。寄语酿花[③]风日好，绿窗来与上琴弦[④]。

【注释】

①晓漏：清晓的铜壶滴漏之声。

②娇慵：指刚睡醒惺忪妩媚的样子。

③酿花：催花绽放。

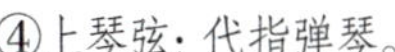

④上琴弦：代指弹琴。

【点评】

这颇有花间词的香软之风，落笔多在闺房，以堆砌华艳的词藻来形容女子的情态。

——赵明华

玉连环影（何处）

（按此调谱律不载，或亦自度曲[①]）

何处[②]？几叶萧萧雨。湿尽檐花[③]，花底人无语。掩屏山[④]，玉炉寒。谁见两眉愁聚，倚阑干[⑤]。

【注释】

①自度曲：谓在旧有曲调外，自行谱制新曲，或指在旧词调之外自己新创作的词调。

②何处：何时。古诗文中表示询问时间的用语。

③檐花：屋檐之下的鲜花。

④屏山：屏风，因屏风曲折若重山叠嶂，或屏风上绘有山水图画等而得名。

⑤阑干：同“栏杆”，用竹、木、金属等制成的遮拦物。

遐方怨（欹角枕）

欹[①]角枕[②]，掩红窗。梦到江南，伊家博山[③]沉水香[④]。浣裙[⑤]归、晚坐思量。轻烟笼浅黛[⑥]，月茫茫。

【注释】

①欹：通“倚”，斜倚，斜靠。

②角枕：角制或用角装饰的枕头。

③博山：博山炉的简称，一种香炉。因炉盖上的造型似传闻中的海中名山博山而得名。一说像华山，因秦昭王与天神博于此，故名。通常作为名贵香炉的代称。

④沉水香：即沉香，指以沉香制作的香。

⑤浣裙：即浣衣，洗衣。

⑥浅黛：用青黛淡画的眉毛。黛，古代女子用以画眉的青黑色颜料。

浪淘沙　望海（蜃阙半模糊）

蜃阙[①]半模糊，踏浪惊呼。任将蠡测[②]笑江湖。沐日光华还浴月，我欲乘桴[③]。

钓得六鳌[④]无？竿拂珊瑚。桑田清浅问麻姑[⑤]。水气浮天天接水，那是蓬壶[⑥]？

【注释】

①蜃阙：即蜃楼。古人谓蜃气变幻成的楼阁。

②蠡（lí）测：即蠡酌，以瓠瓢测量海水。比喻见识短浅，以浅见量度人，“以蠡测海”的略语。笑江湖：典出《庄子·秋水》，“秋水时至，百川灌河。河伯欣然自喜，以天下之美为尽在己”，后见到大海，则望洋兴叹云：“吾长见笑于大方之家。”

③乘桴：乘坐竹木小筏。《论语》云：“道不行，乘桴浮于海。”

④六鳌：神话中负载五座仙山的六只大龟。相传渤海之东有一深壑，中有岱舆、员峤、方壶、瀛洲、蓬莱五山，乃仙圣所居之地。然五山皆浮于海，常随潮波上下往还。《列子·汤问》：“帝恐流于西极，失群仙圣之居，乃命禺彊使巨鳌十五，举首而戴之。迭为三番，六万岁一交焉。五山始峙而不动。而龙伯之国有大人，举足不盈数步而暨五山之所，一钓而连六鳌，合负而趣归其国，灼其骨以数焉。于是岱舆、员峤二山流于北极，沉于大海，仙圣之播迁者巨亿计。”

⑤麻姑：中国神话人物。东汉时应召降临蔡经家，能掷米成珠，相传在绛珠河畔以灵芝酿酒以备蟠桃会上为西王母祝寿，故旧时为妇女祝寿多绘麻姑像以赠，称麻姑献寿。

⑥蓬壶：这里指蓬莱，古代传说中的海中仙山。晋王嘉《拾遗记·高辛》：“三壶则海中三山也。一曰方壶，则方丈也；二曰蓬壶，则蓬莱也；三曰瀛壶，则瀛洲也。形如壶器。”

浪淘沙（双燕又飞还）

双燕又飞还，好景阑珊[①]。东风那惜[②]小眉弯[③]。芳草绿波吹不尽，只隔遥山。

花雨[④]忆前番，粉泪[⑤]偷弹。倚楼谁与话春闲，数到今朝三月二[⑥]，梦见犹难。

【注释】

①阑珊：残，将尽。

②那惜：不顾惜，不管。

③小眉弯：皱眉。

④花雨：落花如雨，形容彩花纷飞。

⑤粉泪：旧称女子之泪。

⑥三月二：古代上巳节，汉以前以农历三月上旬巳日为“上巳”，是游春之日，这天人们到水边洗濯、饮酒、欢聚等，以驱邪避祸，消除不祥。故王季桥《上巳》诗：“曲水湔裙三月二。”

诉衷情（冷落绣衾谁与伴）

冷落绣衾谁与伴，倚香篝。春睡起，斜日照梳头。欲写[①]两眉愁，休休[②]。远山残翠收[③]，莫登楼。

【注释】

①写：这里指描眉。

②休休：不要，罢了，表示禁止或劝阻。

③收：消失，消散。

【点评】

此词写思妇春日无聊的情状。虽然着墨不多，但形象生动，呼之欲出。

——盛冬铃

浣溪沙　寄严荪友[①]（藕荡桥边理钓筒）

藕荡桥[②]边理钓筒[③]，苎萝[④]西去五湖[⑤]东，笔床[⑥]茶灶[⑦]太从容。况有短墙[⑧]银杏雨，更兼高阁[⑨]玉兰风。画眉闲了画芙蓉。

【注释】

①严荪友：即严绳孙，字荪友，一字冬荪，号秋水，自称勾吴严四，复号藕荡渔人。江苏无锡人，一作昆山人。康熙己未（一作戊午，误）以布衣举鸿博授检讨，为四布衣之一。

②藕荡桥：严绳孙无锡西洋溪宅第附近的一座桥，严绳孙以此而自号藕荡渔人。

③钓筒：插在水里捕鱼的竹器。

④苎萝：苎萝山，在浙江诸暨市南，相传西施为此山鬻薪者之女。

⑤五湖：即太湖。《国语·越语下》：“果兴师而伐吴，战于五湖。”韦昭注：“五湖，今太湖。”

⑥笔床：搁放毛笔的专用器物，南朝徐陵在《〈玉台新咏〉序》中说：“琉璃砚盒，终日随身；翡翠笔床，无时离手。”如同今天的文具盒。

⑦茶灶：烹茶的小炉灶。

⑧短墙：矮墙。

⑨高阁：放置书籍、器物的高架子。

如梦令（正是辘轳金井）

正是辘轳①金井，满砌落花红冷。蓦地一相逢，心事眼波难定。谁省，谁省，从此簟纹②灯影。

【注释】

①辘轳：古代安置在井上用来汲水的起重装置。

②簟（diàn）纹：指竹席的纹络，此处借指孤眠幽独的景况。

【点评】

所为乐府小令，婉丽凄清，使读者哀乐不知所主。

——顾贞观

如梦令（木叶纷纷归路）

木叶纷纷归路，残月晓风何处。消息半浮沈①，今夜相思几许。秋雨，秋雨，一半西风吹去。

【注释】

①浮沈：即“浮沉”，意谓消息隔绝。

【点评】

容若词深得五代之妙，如此阕尤为神似。

——陈廷焯

浣溪沙（十里湖光载酒游）

十里湖光载酒游，青帘①低映白苹洲②。西风听彻采菱讴③。

沙岸④有时双袖⑤拥，画船何处一竿⑥收。归来无语晚妆楼。

【注释】

①青帘：旧时酒店门口挂的幌子，多用青布制成。

②白苹洲：泛指长满白色花的沙洲。唐李益《柳杨送客》诗：“青枫江畔白洲，楚客伤离不待秋。”

③采菱讴：乐府清商曲名，又称《采菱歌》《采菱曲》。

④沙岸：用沙石等筑成的堤岸。

⑤双袖：借指美女。

⑥一竿：宋时京师买妾，一妾需五千钱，每五千钱名为“一竿”。李煜《渔父》：“浪花有意千重雪，桃李无言一队春。一壶酒，一竿身，世上如侬有几人。”故此处之“一竿”亦可指渔人。

浣溪沙（脂粉塘空遍绿苔）

脂粉塘[①]空遍绿苔，掠泥营垒燕相催。妒他飞去却飞回。
一骑近从梅里过，片帆[②]遥自藕溪来。博山香烬未全灰。

【注释】

①脂粉塘：溪名。传说为春秋时西施沐浴处。《太平御览》引南朝梁任《述异记》："吴故宫有香水溪，俗云西施浴处，又呼为脂粉塘。"这里指闺阁之外的溪塘。

②片帆：孤舟，一只船。

浣溪沙　大觉寺[①]（燕垒空梁画壁寒）

燕垒[②]空梁画壁寒，诸天[③]花雨[④]散幽关[⑤]。篆香[⑥]清梵[⑦]有无间。
蛱蝶[⑧]乍从帘影度，樱桃半是鸟衔残。此时相对一忘言[⑨]。

【注释】

①大觉寺：可能为今北京西北郊群山旸台之上的大觉寺。此寺始建于辽咸雍四年，初名"清水院"，后改"灵泉寺"，为金代"西山八景"之一。明宣德年重修，改名"大觉寺"。

②燕垒：燕子的窝。

③诸天：佛教语。指护法众天神。佛经言欲界有六天，色界之四禅有十八天，无色界之四处有四天，其他尚有日天、月天、韦驮天等诸天神，总称之曰诸天。

④花雨：佛教语，诸天为赞叹佛说法之功德而散花如雨。后用为赞颂高僧、颂扬佛法之词。

⑤幽关：深邃的关隘，紧闭的关门。

⑥篆香：犹盘香。

⑦清梵：谓僧尼诵经的声音。南朝梁王僧孺《初夜文》："大招离垢之宾，广集应真之侣，清梵含吐，一唱三叹。"

⑧蛱（jiá）蝶：蛱蝶科的一种蝴蝶，翅膀呈赤黄色，有黑色纹饰，幼虫身上多刺。

⑨忘言：谓心中领会其意，不须用言语来说明。

浣溪沙（抛却无端恨转长）

抛却无端恨转长，慈云[①]稽首[②]返生香。妙莲花说[③]试推详[④]。
但是有情皆满愿[⑤]，更从何处著思量。篆烟[⑥]残烛并回肠[⑦]。

【注释】

①慈云：佛教语，比喻慈悲心怀如云泽之广覆盖世界众生。

②稽首：古时的一种跪拜礼，叩头至地，是九拜中最恭敬的。

③妙莲花说：谓佛门妙法。莲花，喻佛门之妙法。莲花世界为佛教所称西方极乐世界。明汪廷讷《狮吼记·摄对》："安得三轮尽空，化作莲花世界。"

④推详：仔细推究。

⑤满愿：佛教语，谓实现了发愿要做的事。唐皮日休《病后春思》诗："应笑病来惭满愿，花笺好作断肠文。"

⑥篆烟：盘香的烟缕。

⑦回肠：喻思虑忧愁盘旋于脑际，如肠之来回蠕动。

浣溪沙　小兀喇[①]（桦屋鱼衣柳作城）

桦屋鱼衣[②]柳作城，蛟龙鳞动浪花腥，飞扬应逐海东青[③]。

犹记当年军垒[④]迹，不知何处梵钟声[⑤]，莫将兴废[⑥]话分明。

【注释】

①兀喇：亦作乌喇，即今吉林省吉林市。

②鱼衣：用鱼皮做成的衣服。

③海东青：一种凶猛而珍贵的鸟，属雕类。产于黑龙江下游及附近海岛。宋庄季裕《鸡肋篇下》："鸷鸟来自海东，唯青鸡最佳，故号海东青。"《元史·地理志二》："有俊禽海东青，由海外飞来，至奴儿干，土人罗之以为土贡。"

④军垒：军营周围的防御工事。《国语·吴语》："今大国越录，而造于弊邑之军垒。"

⑤梵钟声：佛寺中的钟声，僧人诵经时敲击。

⑥兴废：盛衰，兴亡。

浣溪沙　姜女祠[①]（海色残阳影断霓）

海色残阳影断霓[②]，寒涛日夜女郎祠[③]。翠钿[④]尘网上蛛丝。

澄海楼[⑤]高空极目，望夫石[⑥]在且留题。六王[⑦]如梦祖龙[⑧]非。

【注释】

①姜女祠：又称贞女祠，在山海关欢喜岭以东凤凰山上。据民间传说，在秦始皇时，孟姜女的丈夫被强迫修筑长城，一去几年音信全无。孟姜女不远千里送去寒衣，却未找到丈夫。她在长城下痛哭，城墙因而崩裂，露出了她丈夫的尸骨。孟姜女

痛不欲生，投海而死。姜女祠就是为纪念她而建，相传始建于宋，明代重修。

②断霓：断虹。霓，虹。

③女郎祠：即姜女祠。

④翠钿：用翠玉制成的首饰。

⑤澄海楼：楼名。在河北旧临榆县南宁海城上，明兵部主事王致中建。

⑥望夫石：辽宁兴城西南望夫山之望夫石，相传为孟姜女望夫所化。

⑦六王：指战国齐、楚、燕、韩、魏、赵六国之王。

⑧祖龙：指秦始皇。

天仙子（梦里蘼芜青一剪）

梦里蘼芜①青一剪，玉郎②经岁音书远。暗钟③明月不归来，梁上燕，轻罗扇④，好风又落桃花片。

【注释】

①蘼芜：又名蕲、薇芜、江蓠，据辞书解释，其苗似芎，叶似当归，香气似白芷，是一种香草。叶子风干可以做香料，亦可以作为香囊的填充物。古人相信蘼芜可使妇人多子。然而在古诗词中，蘼芜一词多与夫妻分离或闺怨有关。《玉台新咏·古诗》中有："上山采蘼芜，下山逢故夫。"

②玉郎：古代对男子的美称，也可为女子对丈夫或者情人的爱称。

③暗钟：即昏暗夜晚里的钟声。

④轻罗扇：质地极薄的纱制成的扇子，多为女子夏天纳凉所用。

天仙子（好在软绡红泪积）

好在软绡①红泪积，漏痕②斜罥③菱丝④碧。古钗⑤封寄玉关⑥秋，天咫尺，人南北。不信鸳鸯头不白。

【注释】

①软绡：即轻纱，一种柔软轻薄的丝织品，此处指轻薄柔软的丝质衣物。

②漏痕：草书的一种笔法，谓行笔须藏锋。宋姜夔《续书谱》："草书用笔，如折钗股，如屋漏痕。"

③斜罥（juàn）：斜挂着。

④菱丝：菱蔓。

⑤古钗：亦作"古钗脚"，比喻书法笔力遒劲。

⑥玉关：玉门关，代指遥远的征戍之地。

【点评】

小令之作，“虽小却好，虽好却小”。

——刘熙载

据词义确有拟古意味。但尽管浅叙白描，浑朴古拙，却不失情真意密。

——张秉戍

天仙子　渌水亭[1]秋夜（水浴凉蟾风入袂）

水浴凉蟾[2]风入袂，鱼鳞蹙损金波[3]碎。好天良夜[4]酒盈尊，心自醉，愁难睡。西南月落城乌起。

【注释】

①渌水亭：纳兰性德家中的池畔园亭。

②凉蟾：指水中秋月。

③金波：指水中反射着耀眼的月光。

④好天良夜：好时光，好日子。

好事近（帘外五更风）

帘外五更风，消受晓寒时节。刚剩[1]秋衾一半，拥透帘残月。

争教[2]清泪不成冰？好处便轻别。拟把伤离[3]情绪，待晓寒重说。

【注释】

①剩：与“盛”音意相通。

②争教：怎教。

③伤离：为离别而感伤。

好事近（马首望青山）

马首望青山，零落繁华如此。再向断烟衰草[1]，认藓碑[2]题字。

休寻折戟[3]话当年，只洒悲秋泪。斜日十三陵下，过新丰[4]猎骑[5]。

【注释】

①衰草：干枯的草。

②藓碑：长满苔藓的石碑。藓，苔藓。

③折戟：断戟被沉没在沙里，指惨败。

④新丰：县名，汉高祖七年置，唐废，治所在今陕西临潼西北。

⑤猎骑：骑马行猎者。

好事近（何路向家园）

何路向家园，历历[①]残山剩水[②]。都把一春冷淡，到麦秋天气[③]。
料应重发隔年花[④]，莫问花前事。纵使东风依旧，怕红颜不似。

【注释】

①历历：（物体或景象）一个一个清晰分明，意思是零落。

②残山剩水：残存的山岳河流，零散的山水。

③麦秋天气：谓农历四五月，麦子成熟后的收割季节。

④隔年花：去年之花。

江城子　咏史（湿云全压数峰低）

湿云[①]全压数峰低。影凄迷，望中疑。非雾非烟，神女[②]欲来时。若问生涯原是梦，除梦里，没人知。

【注释】

①湿云：湿度大的云，指云中满含雨水。

②神女：谓巫山神女。《文选·宋玉〈高唐赋〉序》："昔者先王尝游高唐，怠而昼寝，梦见一妇人曰：'妾，巫山之女也。'"李善注引《襄阳耆旧传》："赤帝女曰姚姬，未行而卒，葬于巫山之阳，故曰巫山之女。楚怀王游于高唐，昼寝梦见与神遇，自称是巫山之女。"

长相思（山一程）

山一程，水一程。身向榆关[①]那畔[②]行，夜深千帐灯。
风一更，雪一更。聒[③]碎乡心[④]梦不成，故园无此声。

【注释】

①榆关：山海关，古称渝关、临榆关、临渝关，明朝时改为今名，其地古有渝水，县与关都以水得名，在今河北秦皇岛。

②那畔：那边。

③聒：吵闹之声。

④乡心：思念家乡的心情。

【点评】

容若词自然真切。

——王国维

相见欢（微云一抹遥峰）

微云一抹[①]遥峰，冷溶溶。恰与个人[②]清晓画眉同。
红蜡泪，青绫[③]被，水沉[④]浓。却向黄茅野店[⑤]听西风。

【注释】

①微云一抹：即一片微云。

②个人：犹言那人，指意中人。

③青绫：青色的有花纹的丝织物，古时贵族常用以制被服帷帐。

④水沉：即水沉香，用沉香制成的香。这里指这种香点燃时所生的烟或香气。

⑤黄茅野店：喻指荒野僻远之地。

【点评】

这词上下阕分写两个人的心情。丈夫在野外，看到远山便想起妻子；妻子在闺中，点起红烛，盖着锦被，薰着沉香，但灵魂却跑到荒郊野店，和丈夫一起听着西风的嘶叫。这一写法，构思相当精巧。

——黄天骥

相见欢（落花如梦凄迷）

落花如梦凄迷[①]，麝烟[②]微。又是夕阳潜下小楼西。
愁无限，消瘦尽，有谁知。闲教玉笼鹦鹉念郎诗[③]。

【注释】

①凄迷：形容景物凄凉迷茫，这里指悲伤怅惘。

②麝烟：焚烧麝香所散发的烟气。

③闲教玉笼鹦鹉念郎诗：此句由柳永“却傍金笼共鹦鹉，念粉郎言语”之句而来。

昭君怨（深禁好春谁惜）

深禁[①]好春谁惜，薄暮瑶阶[②]伫立。别院管弦声，不分明。
又是梨花欲谢，绣被春寒今夜。寂寞锁朱门，梦承恩[③]。

【注释】

①深禁：深宫。禁，帝王之宫殿。

②瑶阶：玉砌的台阶，亦用作石阶的美称，这里指宫中的阶砌。

③承恩：蒙受恩泽，谓被君王宠幸。

昭君怨（暮雨丝丝吹湿）

暮雨丝丝吹湿，倦柳愁荷风急。瘦骨不禁秋，总成愁。

别有心情怎说，未是诉愁时节。谯鼓[①]已三更，梦须成。

【注释】

①谯鼓：谯楼上的更鼓。

清平乐（烟轻雨小）

烟轻雨小，望里青难了。一缕断虹[①]垂树杪[②]，又是乱山残照。

凭高目断征途，暮云千里平芜[③]。日夜河流东下，锦书应托双鱼[④]。

【注释】

①断虹：一段彩虹，残虹。

②树杪（miǎo）：树梢。

③平芜：草木丛生的平旷原野。

④双鱼：亦称“双鲤”，一底一盖，把书信夹在里面的鱼形木板，常指代书信。

清平乐（青陵蝶梦）

青陵蝶梦[①]，倒挂怜么凤[②]。退粉收香情一种，栖傍玉钗偷共。

愔愔[③]镜阁[④]飞蛾，谁传锦字秋河[⑤]？莲子依然隐雾[⑥]，菱花[⑦]暗惜横波[⑧]。

【注释】

①青陵蝶梦：离别的妻室。

②么凤：鹦鹉的一种。体形较燕子小，羽毛五色，每至暮春来集桐花，故又称桐花凤。

③愔（yīn）愔：幽深貌，悄寂貌。

④镜阁：指女子住室。

⑤秋河：银河。

⑥隐雾：谓隐遁待时，犹“隐约”。

⑦菱花：指菱花镜，古代铜镜名，镜多为六角形或背面刻有菱花者名菱花镜，亦泛指镜子。

⑧横波：眼神闪烁，有神采。

清平乐（将愁不去）

将愁[①]不去，秋色行难住。六曲屏山[②]深院宇，日日风风雨雨。

雨晴篱菊[③]初香，人言此日重阳。回首凉云[④]暮叶，黄昏无限思量。

【注释】

①将愁：长久之愁。将，长久。

②六曲屏山：如山峦般曲折往复的屏风。

③篱菊：谓篱下的菊花。语出晋陶潜《饮酒》诗之五："采菊东篱下，悠然见南山。"后用以为典实。

④凉云：阴凉的云。南朝齐谢《七夕赋》："朱光既夕，凉云始浮。"

清平乐（凄凄切切）

凄凄切切[①]，惨淡黄花节[②]。梦里砧声[③]浑未歇，那更乱蛩[④]悲咽[⑤]。

尘生燕子空楼，抛残弦索[⑥]床头。一样晓风残月，而今触绪[⑦]添愁。

【注释】

①切切：哀怨、忧伤貌。

②黄花节：指重阳节。黄花，菊花。

③砧声：捣衣声。

④蛩（qióng）：指蟋蟀。

⑤悲咽：悲伤呜咽。

⑥弦索：弦乐器上的弦，代指弦乐器。

⑦触绪：触动心绪。

清平乐　忆梁汾（才听夜雨）

才听夜雨，便觉秋如许。绕砌蛩螿[①]人不语，有梦转愁无据[②]。

乱山千叠横江[③]，忆君游倦[④]何方。知否小窗红烛，照人此夜凄凉。

【注释】

①蛩螿（jiāng）：蟋蟀和寒蝉。蛩，蟋蟀。螿，蝉。

②无据：不足凭，不可靠。

③横江：横陈江上，横越江上。

④游倦：犹倦游，指仕宦漂泊潦倒。

清平乐（塞鸿去矣）

塞鸿[①]去矣，锦字何时寄。记得灯前佯忍泪，却问明朝行未。

别来几度如珪[②]，飘零落叶成堆。一种晓寒残梦，凄凉毕竟因谁。

【注释】

①塞鸿：塞外的鸿雁。塞鸿，秋季南飞春季北返，故古人常以之作比，表示对远离家乡的亲人的怀念。

②珪（guī）：通“圭”。古代帝王或诸侯在举行典礼时拿的一种玉器，上圆下方，此处借喻月圆而缺。

清平乐（风鬟雨鬓）

风鬟雨鬓[①]，偏是来无准。倦倚玉阑看月晕，容易语低香近。

软风[②]吹遍窗纱，心期[③]更隔天涯。从此伤春伤别，黄昏只对梨花。

【注释】

①风鬟雨鬓：形容妇女在外奔波劳碌，头发散乱。后代指女子。

②软风：柔和的风。

③心期：心中相许，引申为相思。

清平乐　秋思（孤花片叶）

孤花片叶，断送清秋节[①]。寂寂绣屏香篆[②]灭，暗里朱颜消歇[③]。

谁怜散髻吹笙[④]，天涯芳草关情[⑤]。懊恼隔帘幽梦，半床花月纵横。

【注释】

①清秋节：清爽的秋天时节。

②香篆：即篆香，形似篆文。

③消歇：消失，止歇。

④吹笙：喻饮酒。宋张元干《浣溪沙》：“谚以窃尝为吹笙。”

⑤关情：动心，牵动情怀。

清平乐　弹琴峡题壁（泠泠彻夜）

泠泠[①]彻夜，谁是知音者。如梦前朝何处也，一曲边愁难写。

极天[②]关塞云中，人随雁落西风。唤取[③]红襟翠袖，莫教泪洒英雄。

【注释】

①泠（líng）泠：形容清凉、冷清，借指清幽的声音。

②极天：指天之极远处。

③唤取：唤得，唤着。

清平乐　上元[①]月蚀（瑶华映阙）

瑶华[②]映阙，烘散蓂墀[③]雪。比似寻常清景[④]别，第一团圆时节。

影娥[⑤]忽泛初弦[⑥]，分辉借与宫莲[⑦]。七宝[⑧]修成合璧，重轮[⑨]岁岁中天。

【注释】

①上元：俗以农历正月十五日为上元节，也叫元宵节。

②瑶华：指美玉。

③蓂墀（míng chí）：生长着瑞草的殿阶。蓂，一种象征祥瑞的草。

④清景：犹清光。三国曹植《公宴》："明月澄清景，列宿正参差。"晋葛洪《抱朴子·广譬》："三辰蔽于天，则清景暗于地。"

⑤影娥：即影娥池。汉代未央宫中池名，本凿以玩月，后指清可鉴月的水池。《三辅黄图》谓："汉武帝于望鹄台西建俯月台，台下穿池，月影入池中，使宫人乘舟弄月影，因名影娥池。"

⑥初弦：上弦月，指阴历每月初七八的月亮。其时月如弓弦，故称。

⑦宫莲：莲花瓣的美称。

⑧七宝：圆月的美称，古代民间传说，月由七宝合成，故云。

⑨重轮：月亮周围光线经云层冰晶的折射而形成的光圈，古代以为祥瑞之象。

东风齐著力（电急流光）

电急流光[①]，天生薄命，有泪如潮。勉为欢谑[②]，到底总无聊。欲谱频年离恨，言已尽、恨未曾消。凭谁把，一天愁绪，按出琼箫[③]。

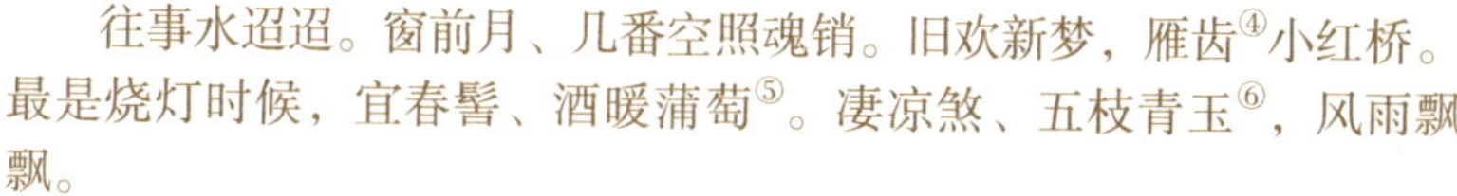

往事水迢迢。窗前月、几番空照魂销。旧欢新梦，雁齿[④]小红桥。最是烧灯时候，宜春髻、酒暖蒲萄[⑤]。凄凉煞、五枝青玉[⑥]，风雨飘飘。

【注释】

①电急流光：形容时间过得极快，犹如电闪流急。

②欢谑：欢乐戏谑。南朝梁刘勰《文心雕龙·谐隐》："怨怒之情不一，欢谑之言无方。"

③琼箫：玉箫。

④雁齿：比喻排列整齐之物，常比喻桥的台阶。

⑤蒲萄：即葡萄酒。

⑥五枝青玉：指灯。《西京杂记》谓：咸阳宫有青玉五枝灯，高七尺五寸，作蟠螭，以口衔灯，灯燃，鳞甲皆动。

满江红　茅屋新成却赋[①]（问我何心）

问我何心？却构此、三楹茅屋[②]。可学得、海鸥无事，闲飞闲宿。百感都随流水去，一身还被浮名束。误东风、迟日[③]杏花天[④]，红牙[⑤]曲。

尘土梦，蕉中鹿[⑥]。翻覆手[⑦]，看棋局。且耽闲殢酒[⑧]，消[⑨]他薄福。雪后谁遮檐角翠，雨余好种墙阴绿。有些些[⑩]、欲说向寒宵，西窗烛。

【注释】

①却赋：再赋。却，再。

②三楹茅屋：泛指几间茅屋。楹，房屋一间为一楹。

③迟日：春日，语出《诗经·豳风·七月》"春日迟迟"。

④杏花天：杏花开放时节，指春天。

⑤红牙：乐器名，檀木制的拍板，用以调节乐曲的节拍。

⑥蕉中鹿：《列子·周穆王》："郑人有薪于野者，遇骇鹿，御而击之，毙之。恐人见之也，遽而藏诸隍中，覆之以蕉，不胜其喜。俄而遗其所藏之处，遂以为梦焉。"后以此典而成"蕉中鹿"，形容世间事物真伪难辨，得失无常等。蕉，通"樵"。

⑦翻覆手：《史记·郦生陆贾列传》："陆生因进说他曰：'……汉诚闻之，掘烧王先人冢，夷灭宗族，使一偏将将十万众临越，则越杀王降汉，如反覆手耳。'"杜甫诗《贫交行》："翻手作云覆手雨，纷纷轻薄何须数。"后以此典而成

"翻云覆雨""翻覆手"等，形容人反复无常或惯耍手段。

⑧殢（tì）酒：纵酒。辛弃疾《最高楼》："藕花雨湿前湖夜，桂枝风淡小山时，怎消除？须殢酒，更吟诗。"

⑨消：享受。

⑩有些些：有少量，有一点点。

满江红（代北燕南）

代北[①]燕南[②]，应不隔、月明千里。谁相念、胭脂山[③]下，悲哉秋气[④]。小立乍惊清露湿，孤眠最惜浓香腻。况夜乌、啼绝四更头，边声[⑤]起。

销不尽，悲歌意。匀不尽，相思泪。想故园今夜，玉阑谁倚？青海[⑥]不来如意梦，红笺暂写违心字。道别来、浑是不关心，东堂桂[⑦]。

【注释】

①代北：泛指汉、晋代郡和唐以后代州北部或以北地区。今山西北部及河北西北部一带。

②燕南：泛指黄河以北地区。

③胭脂山：即燕支山。古在匈奴境内，以产燕支（胭脂）草而得名。匈奴失此山，曾作歌曰："失我燕支山，使我妇女无颜色。"因水草丰美，宜于畜牧，一向为塞外值得怀念的地方。

④秋气：指秋日的凄清、肃杀之气。

⑤边声：边境上的马嘶、风号等声音。范仲淹《渔家傲》："四面边声连角起，千嶂里，长烟落日孤城闭。"

⑥青海：本指青海省内最大的咸水湖，蒙古语为，"库库诺尔"意即"青色的湖"。在青海东北部大通山、日月山和青海南山之间，北魏时始用此名。后比喻边远荒漠之地。

⑦东堂桂：语出《晋书·郤诜传》：郤诜以对策上第，拜仪郎。后迁官，晋武帝于东堂会送，问诜曰："卿自以为何如？"诜对曰："臣举贤良对策，为天下第一。犹桂林之一枝，昆山之片玉。"后称科举考试及第为"东堂桂"。

满庭芳　题元人芦洲聚雁图（似有猿啼）

似有猿啼，更无渔唱[①]，依稀落尽丹枫[②]。湿云影里，点点宿宾鸿[③]。占断[④]沙洲寂寞，寒潮上、一抹烟笼。全不似，半江瑟瑟，相映半江红。

楚天秋欲尽，荻花吹处，竟日冥蒙[5]。近黄陵祠庙[6]，莫采芙蓉。我欲行吟去也，应难问、骚客[7]遗踪。湘灵[8]杳，一尊遥酹[9]，还欲认青峰。

【注释】

①渔唱：渔人唱的歌。

②丹枫：经霜泛红的枫叶。唐李商隐《访秋》诗："殷勤报秋意，只是有丹枫。"

③宾鸿：即鸿雁、大雁。

④占断：全部占有，占尽。唐吴融《杏花》诗："粉薄红轻掩敛羞，花中占断得风流。"

⑤冥蒙：幽暗不明。

⑥黄陵祠庙：即黄陵庙。传说为舜二妃娥皇、女英之庙，亦称二妃庙，在今湖南湘阴之北。北魏郦道元《水经注·湘水》："湖水西流，径二妃庙南，世谓之黄陵庙也。"

⑦骚客：指屈原。

⑧湘灵：一说为古代传说中的湘水之神；一说为舜妃，即湘夫人。

⑨酹（lèi）：以酒浇地，表示祭奠，古代宴会往往行此仪式。

卷　二

水调歌头　题西山[1]秋爽图（空山梵呗静）

空山梵呗[2]静，水月影俱沉。悠然一境人外，都不许尘侵。岁晚忆曾游处，犹记半竿斜照，一抹界疏林[3]。绝顶茅庵[4]里，老衲正孤吟。

云中锡[5]，溪头钓，涧边琴。此生著几两屐，谁识卧游[6]心？准拟乘风归去，错向槐安[7]回首，何日得投簪[8]。布袜青鞋[9]约，但向画图寻。

【注释】

①西山：山名，北京西郊群山的总称。南起拒马山，西北接军都山，有百花山、灵山、妙峰山、香山、翠微山、卢师山、玉泉山等峰，林泉清幽，为京郊名胜地。

②梵呗：佛教徒做法事时念诵经文的声音。

③疏林：稀疏的林木。

④茅庵：茅庐，草舍。

⑤锡：即锡杖，谓僧人出行。

⑥卧游：指欣赏山水画、游记、图片等代替游览。

⑦槐安：槐安国或槐安梦的省称。唐李公佐《南柯太守传》载淳于棼饮酒古槐树下，醉后入梦见一城楼题大槐安国。槐安国王招其为驸马，淳于棼任南柯太守三十年，享尽富贵荣华。醒后见槐下有一大蚁穴，南枝又有一小穴，即梦中的槐安国和南柯郡。后因用来比喻人生如梦、富贵无常。宋范成大《次韵宗伟阅香乐》："尽遣余钱付桑落，莫随短梦到槐安。"

⑧投簪：丢下固冠用的簪子，比喻弃官。晋陆机《应嘉赋》："苟形骸之可忘，岂投簪其必谷。"

⑨布袜青鞋：多指隐者或平民的装束，借指隐居，语出唐杜甫《奉先刘少府新画山水障歌》："青鞋布袜从此始。"

水调歌头　题岳阳楼[1]图（落日与湖水）

落日与湖水，终古[2]岳阳城。登临半是迁客[3]，历历数题名。欲问遗踪何处，但见微波木叶[④]，几簇打鱼罾[⑤]。多少别离恨，哀雁下前汀。

忽宜雨，旋宜月，更宜晴。人间无数金碧，未许[⑥]著空明。淡墨生绡[⑦]谱就，待俏横拖一笔，带出九疑[⑧]青。仿佛潇湘夜，鼓瑟[⑨]旧精灵[⑩]。

【注释】

①岳阳楼：湖南岳阳西门古城楼。相传三国吴鲁肃在此建阅兵台，唐开元四年中书令张说谪守巴陵（即今岳阳）时，在旧阅兵台基础上兴建此楼。主楼三层，巍峨雄壮。登楼远眺，八百里洞庭尽收眼底，为古今著名风景名胜。唐代著名诗人李白、杜甫、白居易、李商隐等都有咏岳阳楼诗。宋庆历五年滕子京守巴陵时重修，范仲淹为撰《岳阳楼记》，遂使此楼名益著。其后迭有兴废。

②终古：往昔，自古以来。

③迁客：遭贬迁的官员。

④木叶：树叶。《九歌·湘夫人》："袅袅兮秋风，洞庭波兮木叶下。"又，元萨都剌《芙蓉曲》："鲤鱼吹浪江波白，霜落洞庭飞木叶。"

⑤鱼罾（zēng）：渔网。唐杜甫《寄刘峡州伯华使君》诗："林居看蚁穴，野食待鱼罾。"

⑥未许：未如此。

⑦生绡：未漂煮过的丝织品。古时多用以作画，因亦以指画卷。唐韩愈《桃源图》诗："流水盘回山百转，生绡数幅垂中堂。"

⑧九疑：亦称"九嶷"，山名，在湖南宁远南。《山海经·海内经》："南方苍梧之丘，苍梧之渊，其中有九嶷山，舜之所葬，在长沙零陵界中。"郭璞注："其山九溪皆相似，故云'九疑'。"

⑨鼓瑟：弹瑟，这里指"湘灵鼓瑟"，谓湘水女神弹奏古瑟。《楚辞·远游》："使湘灵鼓瑟兮，令海若舞冯夷。"明张景《飞丸记·芸窗望遇》："我也曾见湘灵鼓瑟曲里称神。"

⑩精灵：指湘灵。

凤凰台上忆吹箫（荔粉初装）

除夕得梁汾闽中信，因赋

荔[①]粉初装，桃符[②]欲换，怀人拟赋然脂[③]。喜螺江[④]双鲤，忽展新词。稠叠[⑤]频年[⑥]离恨，匆匆里、一纸难题。分明见、临缄重发，欲寄迟迟。

心知。梅花佳句，待粉郎[⑦]香令[⑧]，再结相思。记画屏今夕，曾共题诗。独客料应无睡，慈恩[9]梦、那值微之[10]。重来日、梧桐夜雨，却话秋池[11]。

【注释】

①荔：植物名。又称木莲。常绿藤本，蔓生，叶椭圆形，花极小，隐于花托内。果实富胶汁，可制凉粉，有解暑作用。

②桃符：古时挂在大门上的两块画着门神或写着门神名字，用于辟邪的桃木板。后在其上贴春联。借代春联。

③然脂：泛指点燃火炬、灯烛之属。

④螺江：水名，也称螺女江。在福建福州西北。宋葛长庚《寄三山彭鹤林》："瞻彼鹤林，在彼长乐嵩山之上，螺江之角。"

⑤稠叠：稠密重叠，密密层层。

⑥频年：连续几年。

⑦粉郎：傅粉郎君，三国魏何晏美仪容，面如傅粉，尚魏公主封列侯，人称粉侯，亦称粉郎。

⑧香令：晋习凿齿《襄阳记》："刘季和曰：'荀令君至人家，坐处三日香。'"后以"香令"指三国魏荀。亦用以借指高雅有才识之士。

⑨慈恩：慈恩寺的省称。唐代寺院名。旧寺在陕西长安东南、曲江北，宋时已毁，仅存雁塔（大雁塔）。今寺为近代新建，在陕西西安南郊。唐贞观二十二年李治（高宗）为太子时，就隋无漏寺旧址为母文德皇后追福所建，故名慈恩寺。

⑩微之：元稹，字微之。

⑪话秋池：唐李商隐《夜雨寄北》："问君归期未有期，巴山夜雨涨秋池。何当共剪西窗烛，却话巴山夜雨时？"

凤凰台上忆吹箫　守岁（锦瑟何年）

锦瑟[1]何年，香屏[2]此夕，东风吹送相思。记巡檐[3]笑罢，共捻梅枝。还向烛花影里，催教看、燕蜡鸡丝[4]。如今但、一编消夜，冷暖谁知？

当时。欢娱见惯，道岁岁琼筵[5]，玉漏如斯。怅难寻旧约，枉费新词。次第朱幡[6]剪彩[7]，冠儿侧、斗转[8]蛾儿[9]。重验取、卢郎[10]青鬓，未觉春迟。

【注释】

①锦瑟：漆有织锦纹的瑟。借喻往日的好时光。李商隐《锦瑟》："锦瑟无端五十弦，一弦一柱思华年。"

②香屏：华美的屏风。南朝梁简文帝《美女篇》：“朱颜半已醉，微笑隐香屏。”

③巡檐：来往于檐前。

④燕蜡鸡丝：即燕蜡与鸡丝，旧俗农历正月初一所做的节日食品。明瞿祐《四时宜忌·正月事宜》谓：“洛阳人家，正月元日造丝鸡、蜡燕、粉荔枝。”

⑤琼筵：盛宴，美宴。

⑥朱幡：指显贵之家所用的红色旗幡。

⑦剪彩：古代正月七日，以金银箔或彩帛剪成人或花鸟图形，插于发髻或贴在鬓角上，也有贴于窗户、门屏，或挂在树枝上作为装饰的，谓之“剪彩”。

⑧斗转：乱转。宋康与之《瑞鹤仙·上元应制》：“闹蛾儿、满路成团打块，簇着冠儿斗转。”

⑨蛾儿：古代妇女于元宵节前后插戴在头上的剪裁而成的应时饰物。

⑩卢郎：传说唐时有卢家子弟为校书郎时年已老，因晚娶，而遭妻怨。宋钱易《南部新书》云：“卢家有子弟，年已暮犹为校书郎，晚娶崔氏女，崔有词翰，结褵之后，微有慊色。卢因请诗以述怀为戏。崔立成诗曰：‘不怨卢郎年纪大，不怨卢郎官职卑。自恨妾身生较晚，不见卢郎年少时。’”后用为典故。

金菊对芙蓉　上元（金鸭消香）

金鸭①消香，银虬②泻水，谁家夜笛飞声？正上林③雪霁，鸳甃④晶莹。鱼龙舞⑤罢香车杳，剩尊前、袖掩吴绫⑥。狂游似梦，而今空记，密约烧灯⑦。

追念往事难凭。叹火树星桥，回首飘零。但九逵⑧烟月，依旧笼明。楚天一带惊烽火，问今宵、可照江城⑨？小窗残酒，阑珊灯灺⑩，别自关情。

【注释】

①金鸭：一种镀金的鸭形铜香炉，多用以熏香或取暖。唐戴叔伦《春怨》诗：“金鸭香消欲断魂，梨花春雨掩重门。”

②银虬：亦作“银蚪”，银漏、虬箭，古代计时器漏壶底部的银质流水龙头。

③上林：上林苑，古宫苑名。一为秦旧苑，汉初荒废，至汉武帝时重新扩建。故址在今西安市西及周至、户县界；一为东汉光武帝时建造，故址在今河南洛阳市东汉魏洛阳故城西，东汉永平十五年冬车骑校猎上林苑即此；一为南朝宋大明三年建造，故址在今江苏南京市玄武湖北。后泛指帝王的园囿。

④鸳甃（zhòu）：用对称的砖瓦砌成的井壁，亦借指井。宋秦观《水龙吟》词：

“卖花声过尽，斜阳院落，红成阵，飞鸳甃。”

⑤鱼龙舞：古代百戏杂耍节目，亦称鱼龙杂戏、鱼龙百戏。唐宋时京城于元宵节盛行此戏，唐张说《侍宴隆庆池》诗：“鱼龙百戏分容与，凫双舟较泝洄。”鱼龙，指古代百戏杂耍中能变化为鱼和龙的猞猁模型，亦为该项百戏杂耍名。

⑥吴绫：古代吴地所产的一种有纹彩的丝织品，以轻薄著名。

⑦烧灯：点灯，举行灯会或灯市，指元宵节，旧俗于正月十五晚张灯结彩供人通宵观赏，故称。

⑧九逵（kuí）：四通八达的大道，后多指京城的大路。

⑨江城：临江之城市、城郭。唐崔湜《襄阳早秋寄岑侍郎》诗：“江城秋气早，旭旦坐南闱。”

⑩灺：烧残的灯灰。

【点评】

贵能直写我目、我心此时、此际所得。

——刘永济

琵琶仙　中秋（碧海年年）

碧海①年年，试问取、冰轮②为谁圆缺？吹到一片秋香，清辉了如雪。愁中看、好天良夜，知道尽成悲咽。只影而今，那堪重对，旧时明月。

花径里、戏捉迷藏，曾惹下萧萧井梧叶③。记否轻纨小扇④，又几番凉热。只落得、填膺⑤百感，总茫茫、不关离别。一任紫玉⑥无情，夜寒吹裂。

【注释】

①碧海：此处指青天。

②冰轮：即圆月。

③井梧叶：井边梧桐的树叶。

④轻纨小扇：指纨扇，用细绢制成的团扇。

⑤填膺：充塞于胸中。

⑥紫玉：古人多截取紫玉竹制作箫笛，因以紫玉为箫笛之代称。

【点评】

上片于布景过程，由天上到人间，不断提出问题。下片说情于往昔的思忆中，逐一揭示造成悲咽的原因。

——施议对

御带花　重九[①]夜（晚秋却胜春天好）

晚秋却胜春天好，情在冷香[②]深处。朱楼[③]六扇小屏山[④]，寂寞几分尘土。虬尾[⑤]烟消，人梦觉、碎虫零杵[⑥]。便强说欢娱，总是无憀[⑦]心绪。

转忆当年，消受尽皓腕[⑧]红萸，嫣然一顾。如今何事，向禅榻[⑨]茶烟，怕歌愁舞。玉粟[⑩]寒生，且领略、月明清露。叹此际凄凉，何必更、满城风雨。

【注释】

①重九：即重阳，阴历九月九日。旧时在这一天有登高的习俗。

②冷香：指清香的花。唐王建《野菊》诗："晚艳出荒篱，冷香着秋水。"

③朱楼：谓富丽华美的楼阁，《后汉书·冯衍传下》："伏朱楼而四望兮，采三秀之华英。"

④屏山：屏风。

⑤虬尾：指盘曲若虬的盘香。虬，古代传说中有角的小龙。

⑥碎虫零杵：断续的虫声和杵声。

⑦无憀（liáo）：空闲而烦闷的心情。

⑧皓腕：洁白的手腕，多用于女子，三国魏曹植《洛神赋》："攘皓腕于神浒兮，采湍濑之玄芝。"

⑨禅榻：禅床。宋郭彖《睽车志》卷三："惟丈室一僧，独坐禅榻。"

⑩玉粟：形容皮肤因受寒呈粟状。

酒泉子（谢却荼蘼）

谢却荼蘼[①]，一片月明如水。篆香消，犹未睡，早鸦啼。

嫩寒[②]无赖[③]罗衣薄，休傍阑干角。最愁人，灯欲落，雁还飞。

【注释】

①荼蘼：落叶或半常绿蔓生小灌木，攀援茎，茎绿色，茎上有钩状的刺，上面有多数侧脉，致成皱纹，夏季开白花。

②嫩寒：轻寒，微寒。

③无赖：无奈。

生查子（东风不解愁）

东风不解愁，偷展湘裙[①]衩。独夜背纱笼[②]，影著纤腰画。

爇[3]尽水沉[4]烟，露滴鸳鸯瓦[5]。花骨[6]冷宜香，小立樱桃下。

【注释】

①湘裙：指用湘地丝绸制作的裙子。

②纱笼：纱制的灯笼。

③爇（ruò）：燃烧。

④水沉：即水沉香。

⑤鸳鸯瓦：指成对的瓦。

⑥花骨：即花骨朵，花蕾。

【点评】

此阕只写一女子夜间孤零形象，初在灯下，复又移于花下。其心情，则已由“东风不解愁”一句示出。

——赵秀亭、冯统一

生查子（鞭影落春堤）

鞭影[1]落春堤，绿锦鄣泥[2]卷。脉脉逗菱丝，嫩水[3]吴姬[4]眼。
啮膝[5]带香归，谁整樱桃宴[6]。蜡泪恼东风，旧垒[7]眠新燕。

【注释】

①鞭影：马鞭的影子。

②鄣（zhāng）泥：即马韂。垂于马腹两侧，用于遮挡泥土的东西。

③嫩水：指春水。

④吴姬：指吴地的美女。

⑤啮膝：良马名。

⑥樱桃宴：科举时代庆贺新进士及第的宴席，始于唐僖宗时期。后来也指文人雅会。

⑦旧垒：旧时的堡垒、营垒。

生查子（散帙坐凝尘）

散帙[1]坐凝尘，吹气幽兰[2]并。茶名龙凤团[3]，香字[4]鸳鸯饼[5]。
玉局[6]类弹棋[7]，颠倒双栖影。花月不曾闲，莫放相思醒。

【注释】

①散帙（zhì）：打开书帙。借指读书。

②吹气幽兰：谓美人气息之香更胜兰花。

③龙凤团：茶名，即龙凤团茶，又称龙团凤饼，为宋代著名的贡茶，饼状。

④香字：犹香篆，指焚香时所起的烟缕。

⑤鸳鸯饼：古代形似鸳鸯的焚香饼，一饼之火，可终日不灭。

⑥玉局：棋盘的美称。

⑦弹棋：古代棋类游戏，源于汉代，相传汉武帝好蹴鞠，群臣谏劝，东方朔以弹棋进之，武帝便舍蹴鞠而尚弹棋；另一说西汉成帝时刘向仿蹴鞠形制而作，初用十二枚棋，每方六枚。两人对局时轮流以石箭弹对方棋子。魏时改用十六枚棋，唐代又增为二十四枚棋。宋代以后，因象棋盛行而渐趋衰落。

【点评】

寒酸语，不可作，即愁苦之音，亦以华贵出之，饮水词人，所以重光后身也。

——夏敬观

生查子（短焰剔残花）

短焰剔残花[①]，夜久边声[②]寂。倦舞却闻鸡[③]，暗觉青绫湿。
天水接冥蒙[④]，一角西南白。欲渡浣花溪[⑤]，远梦[⑥]轻无力。

【注释】

①残花：残存的烛花。

②边声：指边境上羌管、胡笳、画角等声音。

③倦舞却闻鸡：引用闻鸡起舞的典故。这里谓倦于起舞却偏偏“闻鸡”的矛盾心理。

④冥蒙：幽暗不明。

⑤浣花溪：又名濯锦江、百花潭。在四川成都西郊，为锦江支流。溪旁有杜甫故居浣花草堂。杜诗中的浣花溪已成千古绝唱：“两个黄鹂鸣翠柳，一行白鹭上青天。窗含西岭千秋雪，门泊东吴万里船。”

⑥远梦：指思念远方人的梦。

生查子（惆怅彩云飞）

惆怅彩云飞[①]，碧落[②]知何许。不见合欢花[③]，空倚相思树[④]。
总是别时情，那得分明语。判得[⑤]最长宵，数尽厌厌[⑥]雨。

【注释】

①彩云飞：彩云飞逝。

②碧落：道家称东方第一层天，碧霞满空，叫“碧落”。后泛指天空。

③合欢花：别名夜合树、绒花树、乌绒树，落叶乔木，树皮灰色，羽状复叶，

小叶对生，白天对开，夜间合拢。

④相思树：相传为战国宋康王的舍人韩凭和他的妻子何氏所化生。晋干宝《搜神记》卷十一载，宋康王舍人韩凭妻何氏貌美，康王夺之，并囚凭。凭自杀，何氏投台而死，遗书愿以尸骨与凭合葬。王怒，弗听，使里人埋之，两坟相望。不久，二冢之端各生大梓木，屈体相就，根交于下，枝错于上。又有鸳鸯雌雄各一，常栖树上，交颈悲鸣。宋人哀之，遂号其木曰“相思树”，以象征忠贞不渝的爱情。

⑤判得：心甘情愿地。

⑥厌厌：绵长、安静的样子。南唐冯延巳《长相思》：“红满枝，绿满枝，宿雨厌厌睡起迟。”

忆秦娥　龙潭口①（山重叠）

山重叠，悬崖一线天疑裂。天疑裂，断碑②题字，古苔横啮。

风声雷动鸣金铁③，阴森潭底蛟龙窟。蛟龙窟，兴亡满眼，旧时明月。

【注释】

①龙潭口：说法不一。一说为龙潭山口，地址在清代吉林府伊通州西南，即今吉林市东郊龙潭山，康熙二十一年春，作者护驾东巡过经此地；一说今山西盂县北之盂山亦有“龙潭”，又称“黑龙池”，作者曾几度赴山西五台山，本篇所指或为此地；又或者指北京西山的黑龙潭，作者也曾几次游历。

②断碑：断裂残缺的石碑。

③鸣金铁：形容风雷声如同金钲戈矛撞击之声。

忆秦娥（春深浅）

春深浅①，一痕摇漾②青如剪。青如剪，鹭鸶③立处，烟芜④平远。

吹开吹谢东风倦，缃桃⑤自惜红颜变。红颜变，兔葵燕麦⑥，重来相见。

【注释】

①深浅：偏义词，指深。

②摇漾：摇动荡漾。

③鹭鸶：又叫“鸬鹚”。水鸟名，翼大尾短，颈和腿很长，捕食小鱼。

④烟芜：烟雾中的草丛。亦指云烟迷茫的草地。

⑤缃桃：即缃核桃，结浅红色果实的桃树。亦指这种树的花或果实。

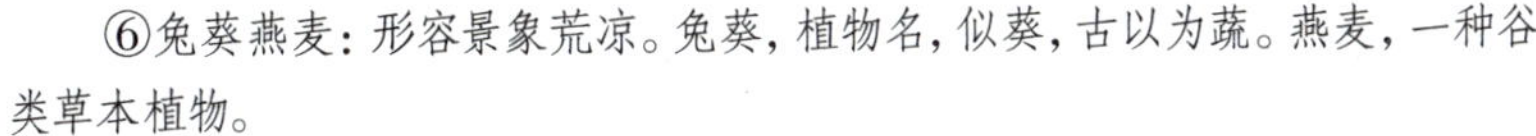

⑥兔葵燕麦：形容景象荒凉。兔葵，植物名，似葵，古以为蔬。燕麦，一种谷类草本植物。

忆秦娥（长漂泊）

长漂泊，多愁多病心情恶。心情恶。模糊一片，强分哀乐[①]。

拟将欢笑排离索[②]，镜中无奈颜非昨。颜非昨。才华尚浅，因何福薄。

【注释】

①强分哀乐：指喜怒哀乐分辨不清。强分，勉强分辨。

②离索：指离群索居的萧索之感。

阮郎归（斜风细雨正霏霏）

斜风细雨正霏霏[①]，画帘[②]拖地垂。屏山几曲篆香微，闲庭[③]柳絮飞。

新绿密，乱红稀。乳莺残日啼。余寒欲透缕金衣[④]，落花郎未归。

【注释】

①霏霏：（雨、雪）纷飞，（烟、云）很盛。

②画帘：有画饰的帘子。

③闲庭：安静的庭院。

④缕金衣：即金缕衣。以金丝编织的衣服。

画堂春（一生一代一双人）

一生一代一双人[①]，争教[②]两处销魂。相思相望不相亲，天为谁春。

浆向蓝桥[③]易乞，药成碧海难奔[④]。若容相访饮牛津[⑤]，相对忘贫。

【注释】

①一生一代一双人：语出唐骆宾王《代女道士王灵妃赠道士李荣》："相怜相念倍相亲，一生一代一双人。"

②争教：怎教。

③蓝桥：在陕西蓝田东南蓝溪上。传说此处有仙窟，唐代秀才裴航与仙女云英曾相会于此，求得玉杵臼捣药，终结为夫妇。专指情人相遇之处。

④药成碧海难奔：《淮南子·览冥训》注："姮娥，羿妻。羿请不死之药于西王母，未及服之，姮娥盗食之，得仙，奔入月中，为月精也。"李商隐《嫦娥》："嫦娥应悔偷灵药，碧海青天夜夜心。"

⑤饮牛津：指天河边。"传说海边居民曾乘槎至天河，见一丈夫牵牛饮之"。见晋张华《博物志》卷三。这里指与恋人相会的地方。

点绛唇　咏风兰[①]（别样幽芬）

别样[②]幽芬，更无浓艳[③]催开处。凌波[④]欲去，且为东风住。
忒煞萧疏[⑤]，争奈秋如许。还留取，冷香[⑥]半缕，第一湘江雨。

【注释】

①风兰：一种寄生兰，因喜欢在通风、湿度高的地方生长而得名。徐坷《清稗类钞·植物类·风兰》云："风兰，寄生于深山树干上，叶似兰而短，有厚剑脊，夏开小白花，有一二瓣曲而下垂，微香，无土亦可生。"

②别样：特别，不寻常。

③浓艳：（色彩）浓重艳丽。代指鲜艳的花朵。

④凌波：形容轻盈柔美地在水上行走的姿态。

⑤忒煞萧疏：意为过分稀疏。忒煞，亦作"忒杀"，太过分。萧疏，稀疏、萧条。

⑥冷香：清香，也指清香之花。

【点评】

一段意思，全在结句，斯为绝妙。

——张炎

点绛唇　对月（一种蛾眉）

一种蛾眉[①]，下弦[②]不似初弦[③]好。庾郎[④]未老，何事伤心早？
素壁[⑤]斜辉[⑥]，竹影横窗扫。空房悄，乌啼欲晓，又下西楼了。

【注释】

①蛾眉：指蛾眉月，新月前后的月相。呈弯形，犹如一道弯眉，故名。

②下弦：下弦月，农历每月二十二日前后的月亮。

③初弦：指阴历每月初七、初八的月亮，其时月如弓弦，故称。古人以蛾眉代指女人的眉毛，又以上弦、下弦之月代指女人的眉毛下垂或上弯。

④庾郎：指南朝梁诗人庾信。

⑤素壁：白色的墙壁、山壁、石壁。

⑥斜辉：指傍晚西斜的阳光。

点绛唇　黄花城[1]早望（五夜光寒）

五夜[2]光寒，照来积雪平于栈[3]。西风何限，自起披衣看。
对此茫茫，不觉成长叹。何时旦，晓星欲散，飞起平沙雁[4]。

【注释】

①黄花城：在今北京怀柔境内。纳兰护驾东巡，此为必经之地。

②五夜：即五更。古代将一夜分为甲、乙、丙、丁、戊五段，此指戊夜，即第五更。

③栈：栈道，又称“阁道”“复道”。沿悬崖峭壁修建的一种道路。

④平沙雁：广漠沙原上的大雁。

点绛唇（小院新凉）

小院新凉，晚来顿觉罗衫[1]薄。不成孤酌，形影空酬酢[2]。
萧寺[3]怜君，别绪应萧索。西风恶，夕阳吹角，一阵槐花落。

【注释】

①罗衫：丝织衣衫。

②酬酢（zuò）：主客之间相互敬酒，主敬客曰酬，客敬主曰酢。

③萧寺：佛寺。唐李肇《唐国史补》卷：“梁武帝造寺，令萧子云飞白大书‘萧’字，至今一‘萧’字存焉。”后称佛寺为萧寺。

【点评】

此篇是念友之作。从“萧寺怜君”句看，可能是写给姜宸英的，词极空灵清丽，极含婉深致。上片从自己的身体感受写去，小院孤酌，形影相吊，怀人之意可见。下片转从对方落笔，这便更透过一层。结句含悠然不尽之意，令人遐思，启人联想。

——张秉戌

浣溪沙（泪浥红笺第几行）

泪浥[1]红笺第几行，唤人娇鸟怕开窗，那能闲过好时光。
屏障厌看金碧画[2]，罗衣不奈水沉香。遍翻眉谱[3]只寻常。

【注释】

①泪浥（yì）：被泪水沾湿。

②金碧画：即以泥金、石青、石绿三色为主的山水画。此画古人多画于屏风、屏障之上。

③眉谱：旧时女子画眉所参照的图谱。

浣溪沙（伏雨朝寒愁不胜）

伏雨[①]朝寒愁不胜，那能还傍杏花行。去年高摘斗轻盈[②]。
漫惹炉烟[③]双袖紫，空将酒晕[④]一衫青。人间何处问多情。

【注释】

①伏雨：指连绵不断的雨。

②斗轻盈：与同伴比赛看谁的动作更迅捷轻快。轻盈，多用以形容女子体态的轻快、灵活。

③炉烟：香炉中的熏烟。

④酒晕：喝完酒后脸上泛起的红晕。

浣溪沙（谁念西风独自凉）

谁念西风独自凉？萧萧黄叶闭疏窗[①]。沉思往事立残阳。
被酒[②]莫惊春睡重，赌书[③]消得[④]泼茶香。当时只道是寻常。

【注释】

①疏窗：刻有花纹的窗户。

②被酒：醉酒。

③赌书：比赛读书的记忆力。典出宋李清照、赵明诚翻书赌茶之事。李清照《金石录后序》云："余性偶强记，每饭罢，坐归来堂，烹茶，指堆积书史，言某事在某书某卷第几页第几行，以中否角胜负，为饮茶先后。中即举杯大笑，至茶倾覆怀中，反不得饮而起，甘心老是乡矣！故虽处忧患困穷而志不屈。"

④消得：消受，享受。

【点评】

黄东甫《眼儿媚》云："当时不道春无价，幽梦费重寻。"此等语非深于词不能道，所谓词心也。纳兰容若《浣溪沙》云："被酒莫惊春睡重，赌书消得泼茶香。当时只道是寻常。"即东甫眼儿媚句意。酒中茶半，前事伶俜，皆梦痕耳。

——况周颐

浣溪沙（莲漏三声烛半条）

莲漏[①]三声烛半条，杏花微雨湿轻绡[②]。那将红豆[③]记无聊。
春色已看浓似酒，归期安得信如潮[④]。离魂入夜倩谁招。

【注释】

①莲漏：即莲花漏，古代的一种计时器。

②轻绡：一种透明而有花纹的丝织品。此代指杏花的红色花朵。

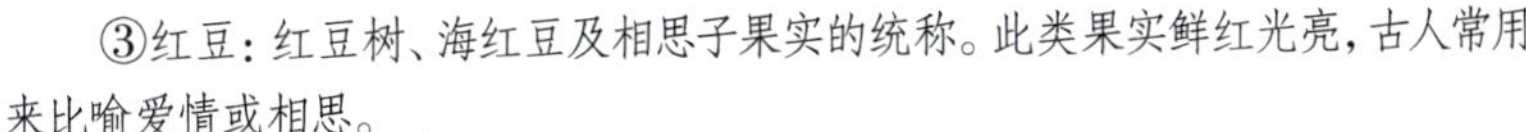

③红豆：红豆树、海红豆及相思子果实的统称。此类果实鲜红光亮，古人常用来比喻爱情或相思。

④信如潮：即如信潮。信潮，定期而来的潮水。

浣溪沙（消息谁传到拒霜）

消息谁传到拒霜①？两行斜雁碧天长，晚秋风景倍凄凉。
银蒜②押帘人寂寂，玉钗敲竹信茫茫。黄花③开也近重阳。

【注释】

①拒霜：花名，木芙蓉的别称。冬凋夏茂，仲秋开花，耐寒不落，故名。

②银蒜：银质蒜头形帘坠，用以压帘幕。

③黄花：菊花。

【点评】

此必有相知名菊者为此词所属意，惜其本事已不可考。

——吴世昌

浣溪沙（雨歇梧桐泪乍收）

雨歇梧桐泪乍收，遣怀①翻②自忆从头。摘花销恨旧风流。
帘影碧桃③人已去，屧痕④苍藓径空留。两眉⑤何处月如钩？

【注释】

①遣怀：犹遣兴。

②翻：通“反”。

③碧桃：桃树的一种，花重瓣，不结实，供观赏和药用。一名千叶桃。

④屧（xiè）痕：即鞋痕。

⑤两眉：两弯秀眉，这里指所思恋之人。

浣溪沙（谁道飘零不可怜）

西郊冯氏园①看海棠，因忆《香严词》②有感

谁道飘零不可怜，旧游③时节好花天，断肠人去自经年④。
一片晕红⑤才著雨，几丝柔绿乍和烟。倩魂销尽夕阳前。

【注释】

①西郊冯氏园：明万历时大珰冯保之园，旧址位于今北京广安门外小屯。园主人冯氏园艺精湛，使得此园曾名极一时。龚鼎孳在京师时曾多次到该处看海棠。

②《香严词》：清初诗人龚鼎孳的词集。龚鼎孳，安徽合肥人，官至礼部尚

书，与钱谦益、吴伟业并称“江左三大家”。

③旧游：昔日的游览。

④经年：一年或一年以上。

⑤晕红：中心浓而四周渐淡的一团红色。这里指晕红的花朵。

【点评】

柔情一缕，能令九转肠回。虽“山抹微云”君，不能道也。

——王鸿绪

浣溪沙（酒醒香销愁不胜）

酒醒香销愁不胜，如何更向落花行。去年高摘斗轻盈。
夜雨几番销瘦了，繁华[①]如梦总无凭[②]。人间何处问多情。

【注释】

①繁华：是实指繁茂的花事，也是繁盛事业的象征。

②无凭：无所凭借，无所依托。

浣溪沙（欲问江梅瘦几分）

欲问江梅[①]瘦几分，只看愁损[②]翠罗裙，麝篝[③]衾冷惜余熏[④]。
可耐[⑤]暮寒长倚竹，便教[⑥]春好不开门。枇杷花底校书人[⑦]。

【注释】

①江梅：江边的梅树。

②愁损：忧伤。

③麝篝：燃烧麝香的熏笼。

④余熏：犹余香。

⑤可耐：同“可奈”，无可奈何。

⑥便教：即使，纵然。

⑦枇杷花底校书人：原指唐蜀妓薛涛，后为妓女之雅称。唐王建《寄蜀中薛涛校书》：“万里桥边女校书，枇杷花里闭门居。”后因称妓女所居为“枇杷门巷”。此处是借指花下读书之人。校，校订、校勘，此处为研读之意。

眼儿媚（独倚春寒掩夕扉）

独倚春寒掩夕扉[①]，清露泣铢衣[②]。玉箫吹梦，金钗画影[③]，悔不同携。

刻残红烛④曾相待⑤，旧事总依稀。料应遗恨⑥，月中教去，花底催归。

【注释】

①夕扉：傍晚的雾霭。

②铢衣：传说神仙穿的衣服。重量只有数铢甚至半铢，用以形容极轻的衣服，如舞衫之类。

③画影：比喻看不真切的美丽景色。

④刻残红烛：古人在蜡烛上刻度，烧以计时。

⑤相待：对待。《韩非子·六反》：“犹用计算之以相待也，而况无父子之泽乎？”

⑥遗恨：未尽的心愿，未完成的理想，遗憾。

眼儿媚（重见星娥碧海槎）

重见星娥①碧海槎②，忍笑却盘鸦③。寻常多少，月明风细，今夜偏佳。

休笼④彩笔闲书字，街鼓⑤已三挝⑥。烟丝欲袅，露光微泫⑦，春在桃花。

【注释】

①星娥：神话传说中的织女。此处指明眸善睐的美女。

②槎：木筏。

③盘鸦：指妇女盘卷黑发而成的头髻。

④笼：通“拢”，牵、拈之意。

⑤街鼓：设置在京城街道的警夜鼓，宵禁开始和终止时击鼓通报。始于唐宋，以后亦泛指“更鼓”。

⑥挝：敲打。

⑦微泫（xuàn）：水微微下滴流动之貌。此处形容爱妻的脸光彩照人。

眼儿媚　咏梅（莫把琼花比澹妆）

莫把琼花①比澹妆②，谁似白霓裳③。别样清幽，自然标格④，莫近东墙⑤。

冰肌玉骨⑥天分付⑦，兼付与凄凉。可怜遥夜⑧，冷烟和月，疏影⑨横窗。

【注释】

①琼花：比喻雪花。

②澹（dàn）妆：淡雅的妆饰。澹，通“淡”。

③霓裳：谓神仙的衣裳。相传神仙以霓为裳，语出《楚辞·九歌·东君》：“青云衣兮白霓裳。”

④标格：风范，品格。

⑤东墙：东边的墙垣。程垓《眼儿媚·咏梅》：“一枝烟雨瘦东墙，真个断人肠。”

⑥冰肌玉骨：用于赞美妇女的皮肤光洁如玉，形体高洁脱俗，这里形容雪中梅花的超逸之态。

⑦分付：付与，交给。

⑧遥夜：长夜。

⑨疏影：疏朗的影子，形容梅花的形貌。

朝中措（蜀弦秦柱不关情）

蜀弦秦柱不关情，尽日掩云屏[①]。已惜轻翎[②]退粉，更嫌弱絮[③]为萍。

东风多事，余寒吹散，烘暖微酲[④]。看尽一帘红雨[⑤]，为谁亲系花铃[⑥]。

【注释】

①云屏：有云形彩绘的屏风，或以云母作为装饰的屏风。

②轻翎：蝴蝶。

③弱絮：轻柔的柳絮。

④微酲（chéng）：微醉。

⑤红雨：红色的雨，比喻落花。

⑥花铃：指用以惊吓鸟雀保护花朵的护花铃。

山花子（林下荒苔道韫家）

林下[①]荒苔道韫[②]家，生怜[③]玉骨[④]委尘沙。愁向风前无处说，数归鸦。

半世浮萍随逝水，一宵冷雨葬名花[⑤]。魂是柳绵吹欲碎，绕天涯。

【注释】

①林下：幽僻之境，引申为退隐或退隐之处。

②道韫：即谢道韫。

③生怜：可怜。

④玉骨：清瘦秀丽的身架，多形容女子的体态。

⑤名花：既指名贵的花，又指同名花一样的美人。

山花子（风絮飘残已化萍）

风絮[1]飘残已化萍，泥莲[2]刚倩[3]藕丝萦。珍重别拈香一瓣，记前生。

人到情多情转薄，而今真个悔多情。又到断肠回首处，泪偷零。

【注释】

①风絮：随风飘落的絮花，多指柳絮。

②泥莲：指荷塘中的莲花。

③倩：请，恳请。

山花子（欲话心情梦已阑）

欲话心情梦已阑[1]，镜中依约见春山[2]。方悔从前真草草，等闲看。

环佩[3]只应归月下，钿钗[4]何意寄人间。多少滴残红蜡泪，几时干。

【注释】

①阑：残，尽。

②春山：春日山色黛青，因喻指妇人姣好的眉毛，进而代指美女。

③环佩：古人衣带所佩的环形玉佩，后指妇女的饰物，此处指所爱之人。

④钿钗：金花、金钗等妇女首饰，借指妇女。

山花子（小立红桥柳半垂）

小立红桥柳半垂，越罗[1]裙飏[2]缕金衣[3]。采得石榴双叶子，欲贻谁？

便是有情当落日，只应无伴送斜晖。寄语东风休著力[4]，不禁吹。

【注释】

①越罗：越地所产的丝织品，以轻柔精致著称。

②飏（yáng）：通"扬"。

③缕金衣：绣有金丝的衣服。

④著力：即用力、尽力。

山花子（昨夜浓香分外宜）

昨夜浓香分外宜，天将妍暖[①]护双栖[②]，桦烛[③]影微红玉[④]软，燕钗[⑤]垂。

几为愁多翻自笑，那逢欢极却含啼[⑥]。央及[⑦]莲花[⑧]清漏[⑨]滴，莫相催。

【注释】

①妍暖：谓晴朗暖和。

②双栖：飞禽雌雄共同栖止，比喻夫妻共处。

③桦烛：用桦木皮卷蜡做成的烛。

④红玉：红色宝玉，古常以比喻美人的肤色。

⑤燕钗：旧时妇女别在发髻上的一种燕形钗。

⑥含啼：犹含悲。

⑦央及：请求，央告。

⑧莲花：即莲花漏。

⑨清漏：清晰的滴漏声，古代以漏壶滴漏计时。

霜天晓角（重来对酒）

重来对酒[①]，折尽风前柳。若问看花情绪，似当日、怎能够。

休为西风瘦，痛饮频搔首[②]。自古青蝇白璧[③]，天已早、安排就。

【注释】

①对酒：面对着酒。

②搔首：以手搔头，焦急或有所思貌。

③青蝇白璧：比喻谗人陷害忠良。唐陈子昂《宴胡楚真禁所》诗："青蝇一相点，白璧遂成冤。"青蝇，苍蝇，蝇色黑，故称。白璧，平圆形而中有孔的白玉。

减字木兰花　新月（晚妆欲罢）

晚妆欲罢，更把纤眉[①]临镜画。准待[②]分明，和雨[③]和烟两不胜[④]。

莫教星替，守取团圆终必遂。此夜红楼，天上人间一样愁。

【注释】

①纤眉：纤细的柳眉。

②准待：准备等待。

③和雨：细雨。

④不胜：不甚分明。

【点评】

词上片写新月，新月如眉，遂思及亡妻。下片示无心再娶，幻想与亡妻尚有再见之日。揆性德诸词，继娶官氏似非主动，且至少在卢氏卒三年后。

——赵秀亭、冯统一

减字木兰花（烛花摇影）

烛花摇影，冷透疏衾[①]刚欲醒。待不思量，不许孤眠不断肠。
茫茫碧落，天上人间情一诺[②]。银汉难通，稳耐风波愿始[③]从[④]。

【注释】

①疏衾（qīn）：掩被孤眠而感到空疏冷清。

②一诺：谓说话守信用。

③始：才。

④从：遂愿。

减字木兰花（相逢不语）

相逢不语，一朵芙蓉著秋雨。小晕红潮[①]，斜溜鬟心[②]只凤翘。
待将低唤，直为[③]凝情[④]恐人见。欲诉幽怀，转过回阑[⑤]叩玉钗。

【注释】

①小晕红潮：害羞时两颊上泛起的红晕。

②鬟心：鬟髻的顶心。

③直为：只是因为。

④凝情：情意专注，这里指深细而浓烈的感情。

⑤回阑：即回栏，曲折的栏杆。

减字木兰花（断魂无据）

断魂[①]无据[②]，万水千山何处去？没个音书[③]，尽日[④]东风上绿除[⑤]。

故园春好，寄语落花须自扫。莫更伤春，同是恹恹[6]多病人。

【注释】

①断魂：销魂，形容哀伤、感动、情深。

②无据：无所依凭。

③音书：音信，书信。

④尽日：终日，整天。

⑤除：指夏历四月，此时繁花纷谢，绿叶纷披。

⑥恹恹：精神不振的样子。

【点评】

这首词写法奇妙，像是夫妇书信往来问答。上片以闺中妻子的口吻说相思。下片以远行在外丈夫的口吻嘱对，说他与妻子一样地相思着。全用白描，明白如话，但真情弥满，十分感人。

——张秉戌

减字木兰花（花丛冷眼）

花丛冷眼[1]，自惜寻春[2]来较晚。知道今生，知道今生那见卿。

天然绝代，不信相思浑[3]不解。若解相思，定与韩凭共一枝。

【注释】

①冷眼：冷淡，冷漠。

②寻春：游赏春景。

③浑：全。

一络索　长城（野火拂云微绿）

野火[1]拂云微绿，西风夜哭。苍茫雁翅列秋空，忆写向、屏山曲[2]。

山海几经翻覆[3]。女墙[4]斜矗。看来费尽祖龙心，毕竟为、谁家筑？

【注释】

①野火：指磷火，鬼火。

②屏山曲：如屏风一样曲折的山形。此处指绵延起伏的长城。

③翻覆：巨大而彻底的变化。

④女墙：城墙上的矮墙，也称女儿墙。

一络索（过尽遥山如画）

过尽遥山如画，短衣匹马[①]。萧萧落木不胜秋，莫回首、斜阳下。

别是柔肠萦挂[②]，待归才罢。却愁拥髻[③]向灯前，说不尽、离人话。

【注释】

①短衣匹马：穿着短衣，骑一匹骏马，形容士兵英姿矫健的样子。短衣，即短装，古代为平民、士兵等服装。

②萦挂：牵挂。

③拥髻（jì）：谓捧持发髻。

一络索　雪（密洒征鞍无数）

密洒征鞍[①]无数，冥迷[②]远树。乱山重叠杳难分，似五里、蒙蒙[③]雾。

惆怅琐窗[④]深处，湿花轻絮。当时悠扬得人怜，也都是、浓香助。

【注释】

①征鞍：犹征马，指旅行者所骑的马。

②冥迷：迷蒙，迷茫。

③蒙蒙：迷茫的样子。

④琐窗：镂刻有花纹图案的窗棂。

卜算子　新柳（娇软不胜垂）

娇软[①]不胜垂，瘦怯[②]那禁舞。多事[③]年年二月风，剪出鹅黄缕。

一种可怜生[④]，落日和烟雨。苏小[⑤]门前长短条，即渐迷行处。

【注释】

①娇软：柔美，轻柔。

②瘦怯：犹瘦弱。

③多事：做没必要做的事。

④可怜生：犹可怜。

⑤苏小：即苏小小。苏小小有二，一位是南朝齐时钱塘名妓，《乐府诗集·杂歌谣辞三·〈苏小小歌〉序》：“《乐府广题》曰：‘苏小小，钱塘名娼也。盖南齐时人。’”一位是南宋钱塘名妓，清赵翼《垓余丛考·两苏小小》：“南宋有

苏小小，亦钱塘人。其姊为太学生赵不敏所眷，不敏命其弟娶其妹名小小者。见《武林旧事》。”

卜算子　塞梦（塞草晚才青）

塞草晚才青，日落箫笳[①]动。戚戚[②]凄凄[③]入夜分，催度星前梦。

小语绿杨烟，怯踏银河冻。行尽关山[④]到白狼[⑤]，相见惟珍重。

【注释】

①箫笳：箫和胡笳。

②戚戚：悲伤的样子。

③凄凄：形容心情凄凉悲伤。

④关山：关口和山岳。

⑤白狼：即白狼河，今辽宁大凌河。

卜算子　五日（村静午鸡啼）

村静午鸡啼，绿暗新阴覆。一展轻帘出画墙，道是端阳[①]酒。

早晚夕阳蝉，又噪长堤柳。青鬓长青自古谁，弹指[②]黄花九[③]。

【注释】

①端阳：即农历五月初五日，端午节。

②弹指：形容时间极短，本为佛家语。《法苑珠林》卷三引《僧祇律》：“二十念为一瞬，二十瞬名一弹指，二十弹指名一罗预，二十罗预名一须臾，一日一夜有三十须臾。”后来诗文多作“一弹指顷”，表示极短的时间。

③九：指农历九月初九日，即重阳节。

雨中花　送徐艺初[①]归昆山[②]（天外孤帆云外树）

天外孤帆云外树，看又是春随人去。水驿[③]灯昏，关城[④]月落，不算凄凉处。

计程[⑤]应惜天涯暮，打叠[⑥]起伤心无数。中坐波涛[⑦]，眼前冷暖，多少人难语。

【注释】

①徐艺初：纳兰性德座师徐乾学之子，名树谷，字艺初，江苏昆山人，康熙进士。

②昆山：县名，今属江苏，因境内有昆山而得名。

③水驿：水路驿站。

④关城：关塞上的城堡。

⑤计程：计算路程。

⑥打叠：整理，准备，收拾。

⑦中坐波涛：此处指触犯朝纲。中坐，即中座，指星犯帝座。

鹧鸪天（独背残阳上小楼）

独背残阳上小楼，谁家玉笛[①]韵偏幽。一行白雁遥天暮，几点黄花满地秋。

惊节序，叹沉浮，秾华[②]如梦水东流。人间所事堪惆怅，莫向横塘[③]问旧游。

【注释】

①玉笛：玉制的笛子，笛子的美称。此指笛声。

②秾（nóng）华：指女子青春美貌。

③横塘：古堤名，一为三国吴大帝时于建业（今南京）南淮水（今秦淮河）南岸修筑，亦为百姓聚居之地；另一处在江苏省吴西南。诗词中常以此堤与情事相连。

鹧鸪天（雁贴寒云次第飞）

雁帖寒云次第飞，向南犹自[①]怨归迟。谁能瘦马关山道，又到西风扑鬓时。

人杳杳[②]，思依依[③]，更无芳树[④]有乌啼。凭将扫黛[⑤]窗前月，持向今宵照别离。

【注释】

①犹自：尚，尚自。

②杳杳：犹隐约、依稀。

③依依：恋恋不舍。

④芳树：泛指佳木。

⑤扫黛：画眉，女子用黛描画眉毛，故称。

鹧鸪天（别绪如丝睡不成）

别绪如丝睡不成，哪堪孤枕梦边城[①]。因听紫塞[②]三更雨，却忆红楼[③]半夜灯。

书郑重，恨分明，天将愁味酿多情。起来呵手[④]封题[⑤]处，偏到鸳鸯两字冰。

【注释】

①边城：临近边界的城市。

②紫塞：北方边塞。

③红楼：红色的楼，泛指华美的楼房。此处指富贵人家女子的住房。

④呵手：向手呵气使暖和。

⑤封题：物品封装妥当后，在封口处题签，特指在书札的封口上签押，引申为书札的代称。

鹧鸪天（冷露无声夜欲阑）

冷露[①]无声夜欲阑，栖鸦不定朔风寒。生憎画鼓[②]楼头急，不放征人梦里还。

秋淡淡[③]，月弯弯，无人起向月中看。明朝匹马[④]相思处，知隔千山与万山。

【注释】

①冷露：清凉的露水。

②画鼓：有彩绘的鼓。

③淡淡：水波荡漾的样子。

④匹马：一匹马，后常指单身一人。

鹧鸪天（握手西风泪不干）

送梁汾南还，为题小影

握手西风泪不干，年来多在别离间。遥知[①]独听灯前雨，转忆同看雪后山。

凭寄语，劝加餐，桂花时节约重还。分明[②]小像沉香缕，一片伤心欲画难。

【注释】

①遥知：谓在远处知晓情况。

②分明：简单明了。

鹧鸪天　咏史（马上吟成促渡江）

马上吟成促渡江，分明闲气[①]属闺房。生憎[②]久闭金铺暗[③]，花冷回心[4]玉一床[5]。

添哽咽，足凄凉。谁教生得满身香[6]。只今西海[7]年年月，犹为萧家[8]照断肠。

【注释】

①闲气：为无关紧要的事情而生的气，《春秋孔演图》谓："正气为帝，闲气为臣。"

②生憎：最恨，偏恨。

③金铺暗：萧观音作有十首《回心院词》，其一有"扫深殿，闲久铜铺暗"之句。金铺，门户之美称。

④回心：指回心院。唐宫院名，高宗王皇后及萧妃被囚之所，词牌名辽萧后作。

⑤玉一床：比喻满床清冷的月色。玉，指月色。萧观音《回心院词·其七》有"笑妾新铺玉一床"句。

⑥谁教生得满身香：萧观音《回心院词·其九》："若道妾身多秽贱，自沾御香香彻肤。"

⑦西海：本指传说中西方神海。此处指帝京中太液池。今北京之北海、中海、南海，元明时亦称太液池，因其在皇城之西，故又称西苑、西苑太液池、西海子。

⑧萧家：指萧观音家。

鹧鸪天（尘满疏帘素带飘）

十月初四夜风雨，其明日是亡妇生辰

尘满疏帘[1]素带[2]飘，真成[3]暗度[4]可怜宵。几回偷拭青衫[5]泪，忽傍犀奁[6]见翠翘。

惟有恨，转无聊。五更依旧落花朝。衰杨叶尽丝难尽，冷雨凄风打画桥[7]。

【注释】

①疏帘：指稀疏的竹制窗帘。

②素带：白色的带子，服丧用。

③真成：真个，的确。

④暗度：不知不觉地过去。

⑤青衫：青色的衣衫，黑色的衣服，古代指书生。

⑥犀奁（lián）：以犀牛角制作而成的梳妆盒。

⑦画桥：雕饰华丽的桥梁。

卷 三

青衫湿 悼亡（近来无限伤心事）

近来无限伤心事，谁与话长更？从教[①]分付[②]，绿窗红泪，早雁初莺[③]。

当时领略[④]，而今断送，总负多情。忽疑君到，漆灯[⑤]风飐[⑥]，痴数春星。

【注释】

①从教：听任，任凭。

②分付：同“吩咐”。

③早雁初莺：谓春去秋来，无时无刻。

④领略：欣赏，晓悟。

⑤漆灯：灯明亮如漆谓之“漆灯”。

⑥风飐（zhǎn）：风吹。

【点评】

一种凄婉处，令人不忍卒读。

——顾贞观

落花时（夕阳谁唤下楼梯）

（按此调谱律不载，疑亦自度曲。一本作好花时）

夕阳谁唤下楼梯，一握香荑[①]。回头忍笑阶前立，总无语、也依依[②]。

笺书[③]直恁[④]无凭据[⑤]，休说相思。劝伊好向红窗醉，须莫及、落花时。

【注释】

①香荑（tí）：柔软而芳香的茅草嫩芽。荑，茅草的嫩芽。

②依依：美丽。

③笺书：信札，文书。

④直恁：犹言竟然如此。

⑤无凭据：不能凭信，难以料定。指书信中的期约竟如此不足凭信，即谓误期爽约之意。

锦堂春　秋海棠（帘外澹烟一缕）

帘外澹烟一缕，墙阴几簇低花。夜来微雨西风软，无力任欹斜[①]。

仿佛个人睡起，晕红不著铅华[②]。天寒翠袖[③]添凄楚，愁近欲栖鸦[④]。

【注释】

①欹斜：歪斜不正。

②铅华：妇女化妆用的铅粉。

③翠袖：青绿色衣袖，泛指女子的装束，这里指秋海棠的绿叶。

④栖鸦：乌鸦欲栖息时，指黄昏时候。

海棠春（落红片片浑如雾）

落红片片浑如雾，不教更觅桃源路[①]。香径[②]晚风寒，月在花飞处。

蔷薇影暗空凝伫[③]，任碧飐[④]轻衫萦住。惊起早栖鸦，飞过秋千去。

【注释】

①桃源路：桃源，即桃花源。晋陶渊明在《桃花源记》中描绘了一个与世隔绝、安居乐业的好地方，用以比喻不受外界影响的地方或理想中的美好地方。

②香径：花间小路，或指满地落花的小路。

③凝伫：凝望伫立，停滞不动。

④飐：颤动，摇动。

河渎神（风紧雁行高）

风紧雁行高，无边落木萧萧[①]。楚天魂梦与香消，青山暮暮朝朝。

断续凉云来一缕，飘堕几丝灵雨[②]。今夜冷红[③]浦溆[④]，鸳鸯栖向何处？

【注释】

①无边落木萧萧：描绘深秋的景色，化用杜甫《登高》："无边落木萧萧下，不尽长江滚滚来。"

②灵雨：好雨。《诗经·风·定之方中》："灵雨既零，命彼倌人。星言夙驾，说于桑田。"郑玄笺："灵，善也。"

③红：指水草，一名水荭。

④浦溆(xù)：水滨，水边。唐杨炯《青苔赋》："桂舟横兮兰触，浦溆回兮心断续。"

太常引　自题小照（西风乍起峭寒生）

西风乍起峭寒[1]生，惊雁[2]避移营[3]。千里暮云平，休回首、长亭短亭。

无穷山色，无边往事，一例冷清清。试倩玉箫[4]声，唤千古、英雄梦醒。

【注释】

①峭寒：料峭的寒意。形容微寒。

②惊雁：犹言惊弓之鸟。

③移营：转移营地。

④玉箫：玉制的箫或箫的美称。

太常引（晚来风起撼花铃）

晚来风起撼花铃[1]，人在碧山亭。愁里不堪听，那更杂、泉声雨声。

无凭[2]踪迹，无聊心绪，谁说与多情。梦也不分明，又何必、催教梦醒。

【注释】

①花铃：即护花铃。用以惊吓鸟雀，保护花草。

②无凭：无所凭据，即无法寻找。

四犯令（麦浪翻晴风飐柳）

麦浪翻晴风飐[1]柳，已过伤春候。因甚为他成僝僽[2]，毕竟是、春迤逗[3]。

红药[4]阑边携素手[5]，暖语浓于酒。盼到园花铺似绣，却更比、春前瘦。

【注释】

①飐：风吹物使其颤动摇曳。

②僝僽（chán zhòu）：烦恼，忧愁。

③谑逗：挑逗，勾引，引诱。

④红药：红芍药。

⑤素手：洁白的手，多形容女子之手。

添字采桑子（闲愁似与斜阳约）

（按此调词律不载，词谱有促拍采桑子，字同句异。一本作采花。）

闲愁似与斜阳约，红点苍苔[①]，蛱蝶飞回。又是梧桐新绿影，上阶来。

天涯望处音尘[②]断，花谢花开，懊恼离怀。空压钿筐[③]金缕绣，合欢鞋。

【注释】

①苍苔：青色苔藓。

②音尘：音信，消息。

③钿筐：镶嵌金、银、玉、贝等物的筐。

荷叶杯（帘卷落花如雪）

帘卷落花如雪，烟月[①]。谁在小红亭？玉钗敲竹乍闻声，风影[②]略分明。

化作彩云飞去，何处？不隔枕函[③]边，一声将息[④]晓寒天，肠断又今年。

【注释】

①烟月：云雾笼罩的月亮，朦胧的月色。

②风影：随风晃动的物影。

③枕函：中间可以藏物的枕头。

④将息：调养休息，保养，这里是珍重、保重的意思。

荷叶杯（知己一人谁是）

知己一人谁是？已矣。赢得误他生。有情终古似无情，别语悔分明。

莫道芳时[①]易度，朝暮。珍重好花天[②]。为伊指点再来缘[③]，疏雨洗遗钿[④]。

【注释】

①芳时：花开时节，即良辰美景之时。

②好花天：指美好的花开季节。

③再来缘：下世的姻缘，来生的姻缘。

④钿：指用金、银、玉、贝等镶饰的饰物。此代指亡妇的遗物。

寻芳草　萧寺纪梦（客夜怎生过）

客夜怎生[①]过？梦相伴、绮窗吟和[②]。薄嗔佯笑[③]道，若不是恁凄凉，肯来么？

来去苦匆匆，准拟[④]待、晓钟[⑤]敲破。乍偎人、一闪灯花[⑥]堕，却对着琉璃火[⑦]。

【注释】

①怎生：怎样，怎么。

②吟和：吟诗唱和。

③薄嗔佯笑：假意嗔怒，故作嗔怪。

④准拟：料想，打算，希望。

⑤晓钟：报晓的钟声。

⑥灯花：灯心燃烧时结成的花状物。

⑦琉璃火：此指琉璃灯，用玻璃制作的油灯，多用于寺庙中。

【点评】

此篇有类柳永词的风格，但在轻倩的格调后面隐藏着变徵之音，使旖旎温馨归于惨淡。这一点，又大大不同于柳永。

——黄天骥

菊花新　用韵送张见阳令江华[①]（愁绝行人天易暮）

愁绝[②]行人天易暮，行向鹧鸪声里[③]住，渺渺洞庭波，木叶下、楚天何处？

折残杨柳应无数，趁离亭笛声吹度[④]。有几个征鸿[⑤]，相伴也、送君南去。

【注释】

①江华：汉置冯乘县，唐置江华县，改曰云溪，寻复故，唐初置县在五保之

地，神龙初迁于寒亭北阳华岩之江南，故名江华，在今湖南江华东南，现为瑶族自治县。

②愁绝：极度忧愁。

③鹧鸪声里：鹧鸪声含有惜别之意，同时指张见阳将去的江华之地，地在西南方，故云。

④吹度：犹吹送。

⑤征鸿：征雁。

南歌子（翠袖凝寒薄）

翠袖凝寒[①]薄，帘衣[②]入夜空。病容扶起月明中，惹得一丝残篆[③]、旧熏笼。

暗觉欢期过，遥知别恨同。疏花已是不禁风，那更夜深清露[④]、湿愁红[⑤]。

【注释】

①凝寒：严寒。《文选·刘桢〈赠从弟诗之二〉》："岂不罹凝寒，松柏有本性。"李善注："凝，严也。"

②帘衣：即帘幕。《南史·夏侯传》："（亶）晚年颇好音乐，有妓妾十数人，并无被服姿容，每有客，常隔帘奏之，时谓帘为夏侯妓衣。"后因谓帘幕为帘衣。

③残篆：指点燃的篆字形的香将要燃尽。

④清露：洁净的露水。

⑤愁红：谓经风雨摧残的花，亦以喻女子的愁容。

【点评】

哀感顽艳，得南唐二主之遗。

——陈维崧

南歌子（暖护樱桃蕊）

暖护樱桃蕊，寒翻蛱蝶翎[①]。东风吹绿渐冥冥[②]，不信一生憔悴、伴啼莺。

素影[③]飘残月，香丝[④]拂绮棂[⑤]。百花迢递[⑥]玉钗声，索向[⑦]绿窗寻梦、寄余生。

【注释】

①翎：翎毛，鸟翅和尾上的长羽毛，这里指翅膀。

②冥冥：形容高远、深远，此处谓绿荫渐渐浓密。

③素影：月影。唐杜审言《和康五庭芝望月有怀》："雾濯清辉苦，风飘素影寒。"

④香丝：指柳条，又指美人的头发。

⑤绮棂：饰有花纹的窗棂。

⑥迢递：连绵不绝。唐杨巨源《送绛州卢使君》诗："朱栏迢递因高胜，粉堞清明欲下迟。"

⑦索向：须向，该向。

南歌子　古戍[①]（古戍饥乌集）

古戍饥乌[②]集，荒城[③]野雉[④]飞。何年劫火[⑤]剩残灰，试看英雄碧血[⑥]，满龙堆[⑦]。

玉帐[⑧]空分垒，金笳已罢吹。东风回首尽成非，不道兴亡命也，岂人为！

【注释】

①古戍：边疆古老的城堡、营垒。

②饥乌：饥饿的乌鸦。

③荒城：荒凉的古城。

④野雉：野鸡。

⑤劫火：佛教语，谓坏劫之末所起的大火，后亦借指兵火。

⑥碧血：为正义死难而流的血，烈士的血。

⑦龙堆：谓沙漠。

⑧玉帐：主帅所居的帐幕，取如玉之坚的意思。

秋千索（药阑携手销魂侣）

（按此调词谱不载，或亦自度曲。一本作拨香灰）

药阑[①]携手销魂侣，争[②]不记、看承[③]人处。除向东风诉此情，奈[④]竟日[⑤]、春无语。

悠扬扑尽风前絮，又百五[⑥]、韶光难住。满地梨花似去年，却多了、廉纤雨[⑦]。

【注释】

①药阑：即药栏，芍药之栏，泛指花栏。南朝梁庾肩吾《和竹斋》："向岭分花径，随阶转药栏。"

②争：怎，怎么。

③看承：看待，对待。宋黄庭坚《归田乐引》词："看承幸厮勾，又是尊前眉峰皱。"

④奈：无奈，怎奈。

⑤竟日：终日，从早到晚。

⑥百五：寒食日。在冬至后的一百零五天，故名。

⑦廉纤雨：细微之雨，毛毛细雨。廉纤，细小，细微。

秋千索（游丝断续东风弱）

游丝[①]断续东风弱，浑无语、半垂帘幕。茜袖[②]谁招曲槛[③]边，弄一缕、秋千索[④]。

惜花人共残春薄，春欲尽、纤腰如削。新月才堪照独愁，却又照、梨花落。

【注释】

①游丝：指飘浮在空中的蛛丝。

②茜袖：女子的红色衣袖，指美女。

③曲槛：曲折的栏杆。

④秋千索：指秋千的绳索。索，绳索。

秋千索（垆边换酒双鬟亚）

垆边唤酒双鬟[①]亚[②]，春已到、卖花帘下。一道香尘[③]碎绿苹[④]，看白袷[⑤]、亲调马。

烟丝宛宛[⑥]愁萦挂，剩几笔、晚晴[⑦]图画。半枕芙蕖[⑧]压浪眠，教费尽[⑨]、莺儿话。

【注释】

①双鬟：古代年轻女子的两个环形发髻，借指少女或婢女。

②亚：通"压"，低垂之貌。

③香尘：芳香之尘，多指因女子步履而起者，此处指湖水中浮游的水禽划破水面。

④绿苹：即浮萍。

⑤白袷（qiā）：白色夹衣，旧时平民的服装，亦借指无功名的士人。

⑥宛宛：迂回缠绵的样子。

⑦晚晴：谓傍晚晴朗的天色。

⑧芙蕖：荷花。此处指绣有荷花的枕头。

⑨费尽：用尽。

忆江南　宿双林禅院[1]有感（心灰尽）

心灰尽，有发未全僧。风雨消磨生死别，似曾相识只孤檠[2]，情在不能醒。

摇落后[3]，清吹[4]那堪听。淅沥暗飘金井叶，乍闻风定又钟声，薄福荐[5]倾城。

【注释】

①双林禅院：指今山西平遥西南七公里处双林寺内之禅院。双林寺内东轴线上有禅院、经房、僧舍等。

②孤檠（qíng）：孤灯。

③摇落：凋残，零落。

④清吹：清风，此指秋风。

⑤荐：进献，送上。

忆江南（挑灯坐）

挑灯[1]坐，坐久忆年时。薄雾笼花娇欲泣，夜深微月下杨枝。催道太眠迟。

憔悴去，此恨有谁知。天上人间俱怅望[2]，经声佛火[3]两凄迷[4]。未梦已先疑。

【注释】

①挑灯：拨动灯火，点灯。亦指在灯下。

②怅望：惆怅地看望或想望。

③佛火：指供佛的油灯香烛之火。

④凄迷：景物凄凉迷茫。

浪淘沙（红影湿幽窗）

红影[1]湿幽窗，瘦尽[2]春光。雨余[3]花外却斜阳。谁见薄衫低髻子[4]？抱膝思量。

莫道不凄凉，早近持觞[5]。暗思何事断人肠。曾是向他春梦里，瞥遇回廊[6]。

【注释】

①红影：指鲜花的影子。

②瘦尽：以人之清瘦比喻春日将尽。

③雨余：雨后。

④低鬟子：低垂的发鬟，指低垂着头。鬟子，发鬟。

⑤持觞：举杯。

⑥回廊：曲折环绕的走廊。

【点评】

容若词不减飞涛（丁澎），然一则精丽中有飞舞之致，一则纤绵中得凄婉之神，笔路又各别。

——陈廷焯

浪淘沙（眉谱待全删）

眉谱[①]待全删，别画秋山[②]，朝云[③]渐入有无间。莫笑生涯浑似梦，好梦原难。

红咮[④]啄花残，独自凭阑。月斜风起袷衣[⑤]单。消受春风都一例，若个[⑥]偏寒？

【注释】

①眉谱：古代女子画眉的图谱。

②秋山：秋天里的远山，常用来比喻女子的眉毛。

③朝云：早晨的云。亦指巫山神女名，战国时楚襄王游高唐，昼梦幸巫山之女。后好事者为立庙，号曰“朝云”，比喻男女情事。

④咮（zhòu）：鸟嘴。

⑤袷衣：即夹衣，两层的衣服。

⑥若个：哪个，何处。

浪淘沙（紫玉拨寒灰）

紫玉[①]拨寒灰[②]，心字全非。疏帘[③]犹是隔年垂。半卷夕阳红雨入，燕子来时。

回首碧云[④]西，多少心期，短长亭外短长堤。百尺游丝千里梦，无限凄迷[⑤]。

【注释】

①紫玉：指紫玉钗。

②寒灰：犹死灰，灰烬，这里喻指心如死灰。《三国志·魏志·刘传》："扬扬止沸，使不烂，起烟于寒灰之上，生华于已枯之木。"

③疏帘：指稀疏的竹制窗帘。

④碧云：青云，碧空中的云。

⑤凄迷：怅惘，迷惘。

浪淘沙（夜雨做成秋）

夜雨做成秋，恰上心头，教他珍重护风流①。端的②为谁添病也，更为谁羞？

密意③未曾休，密愿难酬。珠帘四卷月当楼。暗忆欢期真似梦，梦也须留。

【注释】

①风流：风韵，多指美好的仪态。

②端的：究竟，到底。

③密意：隐秘的情意。

浪淘沙（野宿近荒城）

野宿近荒城，砧杵①无声。月低霜重莫闲行②。过尽征鸿书未寄，梦又难凭③。

身世等浮萍，病为愁成。寒宵④一片枕前冰。料得绮窗⑤孤睡觉，一倍⑥关情。

【注释】

①砧杵：捣衣石和棒槌，亦指捣衣。

②闲行：微行，此处为闲步之意。

③难凭：不可凭信。

④寒宵：寒夜。

⑤绮窗：雕刻或绘饰得很精美的窗户，代指闺人、思妇。

⑥一倍：谓加倍。

浪淘沙（闷自剔残灯）

闷自剔残灯，暗雨空庭①。潇潇②已是不堪听。那更西风偏着意，做尽秋声③。

城柝[④]已三更，欲睡还醒，薄寒中夜掩银屏[⑤]。曾染戒香[⑥]消俗念，莫又多情。

【注释】

①空庭：幽寂的庭院。

②潇潇：形容风雨急骤。

③秋声：秋天西风起而草木摇落，其肃杀之声令人生情动感，故古人将万木零落之声等称为秋声。

④城柝（tuò）：城上巡夜敲的木梆声。柝，古代巡夜时敲击的木梆。

⑤银屏：装饰有银饰的屏风。

⑥戒香：佛家说戒时所燃之香。

浪淘沙（清镜上朝云）

清镜[①]上朝云，宿篆[②]犹薰。一春双袂尽啼痕[③]，那更夜来山枕侧，又梦归人。

花底病中身，懒画湘文，藕丝裳带奈销魂，绣榻定知添几线，寂掩重门。

【注释】

①清镜：明镜。

②宿篆：指隔夜点燃的盘香。

③啼痕：泪痕。

菩萨蛮（梦回酒醒三通鼓）

梦回酒醒三通鼓，断肠啼鴂[①]花飞处。新恨隔红窗，罗衫泪几行。

相思何处说，空有当时月。月也异当时，团圞[②]照鬓丝。

【注释】

①啼鴂：即杜鹃。三月即鸣，至夏不止。常用以比喻春逝。

②团圞（luán）：指明亮的圆月，旧俗称农历八月十五日为团圞节。

菩萨蛮（隔花才歇帘纤雨）

隔花才歇帘纤雨[①]，一声弹指浑无语。梁燕[②]自双归，长条[③]脉脉[④]垂。

小屏[⑤]山色远，妆薄铅华浅。独自立瑶阶，透寒金缕鞋[⑥]。

【注释】

①帘纤雨：如珠帘般的绵绵细雨。

②梁燕：梁上的燕子。

③长条：长的枝条，特指柳枝。

④脉脉：犹默默。

⑤小屏：小屏风。

⑥金缕鞋：指金丝绣织的鞋子。

菩萨蛮（新寒中酒敲窗雨）

新寒中酒[①]敲窗雨，残香[②]细袅秋情绪。才道莫伤神，青衫湿一痕。

无聊成独卧，弹指韶光过。记得别伊时，桃花柳万丝。

【注释】

①中酒：饮酒半酣时，也指醉酒。

②残香：残存的香气。

菩萨蛮（澹花瘦玉轻妆束）

澹花瘦玉轻妆束，粉融轻汗红绵扑[①]。妆罢只思眠，江南四月天[②]。

绿阴帘半揭，此景清幽[③]绝。行度竹林风，单衫[④]杏子红。

【注释】

①红绵扑：红丝棉的粉扑，妇女化妆用品。

②四月天：指初夏之时。

③清幽：风景秀丽而幽静。

④单衫：单衣。

菩萨蛮（催花未歇花奴鼓）

催花[①]未歇花奴鼓[②]，酒醒已见残红[③]舞。不忍覆[④]余觞[⑤]，临风泪数行。

粉香看又别，空剩当时月。月也异当时，凄清照鬓丝。

【注释】

①催花：即击鼓催花，用于酒令，鼓响传花，声止，持花未传者即须饮酒。

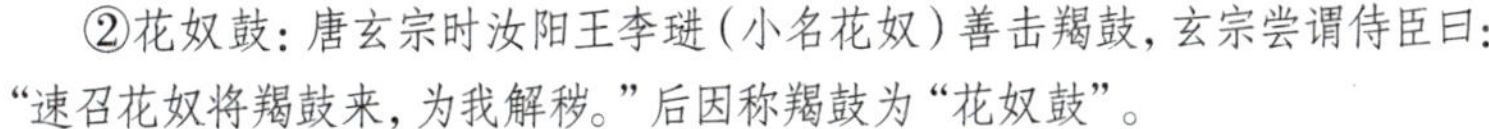

②花奴鼓：唐玄宗时汝阳王李琎（小名花奴）善击羯鼓，玄宗尝谓侍臣曰：“速召花奴将羯鼓来，为我解秽。”后因称羯鼓为“花奴鼓”。

③残红：凋残的花，落花。

④覆：倾翻酒杯，指饮酒。

⑤余觞：杯中所剩的残酒。

【点评】

容若词集中另一阕《菩萨蛮》曰：“梦回酒醒三通鼓，断肠啼鴂花飞处。新恨隔红窗，罗衫泪几行。相思何处说？空有当时月。月也异当时，团圞照鬓丝。”其立意构思乃至遣词造句，都与此阕雷同。可能一是初稿，一是改稿，结集时又并收两存。把这两阕词合起来看，作者借酒浇愁，又见花落泪，对月伤心，总是为了恋情。如丝如缕，萦回不绝，这相思之苦，宛曲道来，柔肠九转，纳兰词本亦于此擅场。

——盛冬铃

菩萨蛮　早春（晓寒瘦著西南月）

晓寒瘦著[①]西南月，丁丁漏箭[②]余香咽[③]。春已十分宜，东风无是非。

蜀魂[④]羞顾影，玉照[⑤]斜红[⑥]冷。谁唱《后庭花》[⑦]，新年忆旧家。

【注释】

①瘦著：瘦削，这里指弯月或月牙。

②漏箭：漏壶的部件，上刻时辰度数，随水浮沉以计时。

③咽：充塞、充满。

④蜀魂：鸟名，指杜鹃。相传蜀主名杜宇，号望帝，死后化为鹃。春月昼夜悲鸣，蜀人闻之，曰：“我望帝魂也。”故称。

⑤玉照：镜的异名。

⑥斜红：指人头上所戴的红花。

⑦《后庭花》：乐府清商曲吴声歌曲名，唐为教坊曲名。本名《玉树后庭花》，南朝陈后主制。其辞轻荡，而其音甚哀，故后多用以称亡国之音。这里喻为凄凉之曲。

菩萨蛮（窗前桃蕊娇如倦）

窗前桃蕊娇如倦，东风泪洗胭脂面。人在小红楼，离情唱《石州》[1]。

夜来双燕宿，灯背屏腰绿[2]。香尽雨阑珊[3]，薄衾寒不寒。

【注释】

①《石州》：乐府商调曲名。

②绿：昏暗不明。

③雨阑珊：微雨将尽。

木兰花令　似古决绝词（人生若只如初见）

人生若只如初见，何事[1]秋风悲画扇[2]？等闲[3]变却故人[4]心，却道故人心易变。

骊山[5]语罢清宵[6]半，泪雨霖铃终不怨[7]。何如薄幸[8]锦衣郎[9]，比翼连枝当日愿。

【注释】

①何事：为何，何故。

②画扇：有画饰的扇子。此处用班婕妤典故。班婕妤为汉成帝妃，被赵飞燕谗害，退居冷宫，后有诗《怨歌行》，以秋扇为喻抒发被弃怨情，后人遂以秋扇喻女子被弃。

③等闲：无端，平白地。

④故人：指情人。

⑤骊山：在陕西临潼东南，因山形似骊马，呈纯青色而得名，是著名的游览、休养胜地。

⑥清宵：清静的夜晚。《太真外传》载，唐明皇与杨玉环曾于七月七日夜，在骊山华清宫长生殿里盟誓，愿世世为夫妻。白居易《长恨歌》：“在天愿作比翼鸟，在地愿作连理枝。”后安史乱起，明皇入蜀，于马嵬坡赐死杨玉环。杨死前云：“妾诚负国恩，死无恨矣。”

⑦泪雨霖铃终不怨：唐郑处诲《明皇杂录补遗》：“明皇既幸蜀，西南行初入斜谷，属霖雨涉旬，于栈道雨中闻铃，音与山相应。上既悼念贵妃，采其声为《雨霖铃》曲，以寄恨焉。”

⑧薄幸：薄情，负心，也指负心的人。

⑨锦衣郎：指唐明皇。

虞美人（春情只到梨花薄）

春情[①]只到梨花薄[②]，片片催零落[③]。夕阳何事近黄昏，不道[④]人间犹有未招魂。

银笺[⑤]别梦当时句，密绾同心苣[⑥]。为伊判[⑦]作梦中人，长向画图[⑧]清夜唤真真[⑨]。

【注释】

①春情：春天的景致或意趣。

②薄：指草木丛生之处，语出《楚辞·九章·思美人》："揽大薄之芳茝兮，搴长洲之宿莽。"

③零落：树木枯凋。

④不道：不管，不顾。

⑤银笺：白色的信笺。

⑥同心苣：像连锁的火炬状图案花纹，或指织有同心苣状图案的同心结，古人常用以象征爱情。

⑦判：甘愿。

⑧画图：图画。

⑨真真：唐杜荀鹤《松窗杂记》："唐进士赵颜于画工处得一软障，图一妇人甚丽，颜谓画工曰：'世无其人也，如可令生，余愿纳为妻。'画工曰：'余神画也，此亦有名，曰真真，呼其名百日，昼夜不歇，即必应之，应则以百家彩灰酒灌之，必活。'颜如其言，遂呼之百日……果活，步下言笑如常。"后因以"真真"泛指美人。

虞美人（黄昏又听城头角）

黄昏又听城头角，病起心情恶。药炉初沸短檠[①]青，无那残香[②]半缕恼多情。

多情自古原多病，清镜[③]怜清影[④]。一声弹指[⑤]泪如丝，央及[⑥]东风休遣[⑦]玉人[⑧]知。

【注释】

①短檠：矮灯架，借指小灯。唐韩愈《短灯檠歌》："一朝富贵还自恣，长檠焰高照珠翠；吁嗟世事无不然，墙角君看短檠弃。"

②残香：将要烧尽的香。

③清镜：即明镜。

④清影：清瘦的身影。

⑤弹指：指顾贞观所作的《弹指词》。

⑥央及：央告。

⑦休遣：暂时释放。

⑧玉人：容貌美丽的人，对亲人或所爱者的爱称。

虞美人（彩云易向秋空散）

彩云易向秋空散，燕子怜长叹。几番离合总无因，赢得一回僝僽一回亲。

归鸿[①]旧约霜前至，可寄香笺字？不如前事不思量，且枕红蕤[②]欹侧看斜阳。

【注释】

①归鸿：归雁。诗文中多用以寄托归思。

②红蕤：红蕤枕。传说中的仙枕。唐张读《宣室志》卷六记载，玉清宫有三宝，碧玉环、红蕤枕和紫玉函，红蕤枕似玉，微红，有纹如粟。亦借指绣枕。

虞美人（银床淅沥青梧老）

银床[①]淅沥青梧[②]老，屧粉秋蛩[③]扫。采香[④]行处蹙连钱[⑤]，拾得翠翘何恨不能言。

回廊[⑥]一寸相思地，落月成孤倚。背灯和月就花阴，已是十年踪迹十年心。

【注释】

①银床：指井栏，一说为辘轳架。

②青梧：梧桐，树皮色青，故称。

③秋蛩：蟋蟀。

④采香：范成大《吴郡志》云：吴王夫差于香山种香，使美人泛舟于溪以采之。谓采香喻指曾与她有过一段恋情的去处。

⑤连钱：连钱马，又名连钱骢。即毛皮色花纹、形状似相连的铜钱。

⑥回廊：用响屧廊的典故。宋范成大《吴郡志》：“响屧廊，在灵岩山寺。相传吴王令西施辈步屧，廊虚而响，故名。”其遗址在今苏州市西灵岩山。

虞美人　为梁汾赋（凭君料理花间课）

凭君料理[①]花间[②]课[③]，莫负当初我。眼看鸡犬上天梯，黄九[④]自招秦七[⑤]共泥犁[⑥]。

瘦狂[⑦]那似痴肥[⑧]好，判任痴肥笑。笑他多病与长贫，不及诸公衮衮[⑨]向风尘[⑩]。

【注释】

①料理：处理、安排，指点、指教，此处含有辑集之意。

②花间：即《花间集》，为后蜀人赵崇祚编辑的一部词集。集中搜录晚唐至五代十八位词人的作品，共五百首，分十卷，集中作品内容多写上层贵妇美人的日常生活和妆饰容貌，女人素以花比，而该集多写女人之媚，故称“花间”。

③课：指词作。

④黄九：北宋诗人、书法家黄庭坚，排行第九，因以称之。

⑤秦七：北宋词人秦观辈行第七，故称。

⑥泥犁：佛教语，梵语的译音，意为地狱。

⑦瘦狂：比喻仕途失意。

⑧痴肥：肥胖而无所用心，比喻仕途得意。语见《南史·沈昭略传》，昭略答王约云：“瘦已胜肥，狂又胜痴。”此处为反其意用之。

⑨诸公衮衮：源源不断而繁杂，旧时称身居高位而无所作为的官僚。

⑩风尘：比喻纷乱的社会或漂泊江湖的境况，这里指宦途、官场。

【点评】

而此篇正可看作是纳兰与顾贞观同怀同道的写照。词中不但表达了作者对友人的一片赤诚和信赖，对世事的喷世嫉俗的心情，而且还于不平中明确表示了自己甘愿为恪守志趣、主张，不怕“泥犁”的精神。词极率真，冷峭而犀利。

——张秉戍

虞美人（残灯风灭炉烟冷）

残灯[①]风灭炉烟冷，相伴唯孤影。判教狼藉醉清樽[②]，为问世间醒眼[③]是何人。

难逢易散花间酒，饮罢空搔首。闲愁总付醉来眠，只恐醒时依旧到樽前。

【注释】

①残灯：蜡烛的余烬。

②清樽：酒器，借指清酒。

③醒眼：眼光清醒。

菩萨蛮（朔风吹散三更雪）

朔风[①]吹散三更雪，倩魂[②]犹恋桃花月[③]。梦好莫催醒，由他好处[④]行。

无端[⑤]听画角，枕畔红冰[⑥]薄。塞马一声嘶，残星拂大旗。

【注释】

①朔风：北风，寒风。

②倩魂：少女的梦魂。唐人小说《离魂记》谓：衡州张镒之女倩娘与镒之甥王宙相恋，后镒将女另配他人，倩娘因以成病。王宙被遣至蜀，夜半，倩娘之魂随至船上，同往。五年后，二人归家，房中卧病之倩娘出，与归之倩娘合一。

③桃花月：即桃月，农历二月的别名。农历二月桃花盛开，故桃月为二月之代称。

④好处：指美梦中的景象。

⑤无端：犹言平白无故。

⑥红冰：喻泪水，形容感怀之深。

【点评】

这又是一阕写思妇之情的词。这类题材的作品容易流于纤弱，但容若此作，用“塞马一声嘶，残星拂大旗”这样刚劲的句子作结，出人意想，自有其独到之处。

——盛冬铃

浣溪沙（一半残阳下小楼）

一半残阳下小楼，朱帘斜控[①]软金钩。倚阑无绪不能愁。

有个盈盈[②]骑马过，薄妆[③]浅黛亦风流。见人羞涩却回头。

【注释】

①斜控：斜斜地垂挂。

②盈盈：仪态美好的样子。这里指仪态美好的女子。

③薄妆：淡妆。

浣溪沙（睡起惺忪强自支）

睡起惺忪[①]强自支，绿倾蝉鬓[②]下帘时。夜来愁损小腰肢。

远信[3]不归空伫望[4]，幽期[5]细数却参差[6]。更兼何事耐寻思。

【注释】

①惺忪：形容刚睡醒尚未完全清醒的状态。

②蝉鬓：古代妇女的一种发式，蝉身黑而光润，故称。马缟《中华古今注》卷中："琼树始制为蝉鬓，望之缥缈如蝉翼，故曰'蝉鬓'。"

③远信：远方的书信、消息。

④伫望：久立而远望，这里是等候、盼望。

⑤幽期：指男女间的幽会。

⑥参差：差池，差错。

浣溪沙（五月江南麦已稀）

五月江南麦已稀，黄梅[1]时节雨霏微[2]。闲看燕子教雏飞。
一水浓阴如罨画[3]，数峰无恙又晴晖。溅裙谁独上渔矶[4]。

【注释】

①黄梅：春末夏初梅子黄熟的一段时期。这段时期我国长江中下游地区连续下雨，空气潮湿，衣物等容易发霉。也叫黄梅天。

②霏微：雾气、细雨等弥漫的样子。

③罨（yǎn）画：色彩鲜明的绘画。多用以形容自然景物或建筑物等的艳丽多姿。

④渔矶：可供垂钓的水边岩石。

浣溪沙（残雪凝辉冷画屏）

残雪凝辉冷画屏。落梅[1]横笛已三更。更无人处月胧明[2]。
我是人间惆怅客，知君何事泪纵横。断肠声里忆平生。

【注释】

①落梅：即《落梅花》，古笛曲名，以横笛吹奏。

②胧明：微明。

浣溪沙咏　五更和湘真[1]韵（微晕娇花湿欲流）

微晕娇花湿欲流，簟纹[2]灯影一生愁。梦回疑在远山楼。
残月暗窥金屈戌[3]，软风[4]徐荡玉帘钩[5]。待听邻女唤梳头。

【注释】

①湘真：即陈子龙。陈子龙，字人中、卧子，号大樽、轶符，松江华亭人。明末几社（当时一文社组织）领袖，因抗清被俘，宁死不屈，投水殉难。有《湘真阁存稿》一卷。本篇作者所和之词为陈子龙的《浣溪沙·五更》：“半枕轻寒泪暗流，愁时如梦梦悠悠。角声初到小红楼。风动残灯摇绣幕，花笼微月淡帘钩，陡然旧恨上心头。”

②簟纹：席纹。

③屈戌：门窗等物上所钉的铜制钮环，上边可扣“了吊”，还可以再加锁。此处指闺房。

④软风：和风。

⑤玉帘钩：帘钩的美称。

浣溪沙（五字诗中目乍成）

五字诗[①]中目乍成[②]，仅教残福[③]折书生。手挼[④]裙带那时情。
别后心期和梦杳，年来憔悴与愁并。夕阳依旧小窗明。

【注释】

①五字诗：即五言诗。

②目乍成：即乍目成，刚刚通过眉目传情而结为亲好。

③残福：残存的薄福，也可谓是短暂的幸福。

④挼（ruó）：揉搓。

浣溪沙（记绾长条欲别难）

记绾长条欲别难，盈盈自此隔银湾[①]。便无风雪也摧残。
青雀[②]几时裁锦字[③]，玉虫[④]连夜剪春幡[⑤]。不禁辛苦况相关。

【注释】

①银湾：即银河。

②青雀：指青鸟。

③锦字：锦字书，指前秦苏蕙寄给丈夫的织锦回文诗，后多用以指妻子寄给丈夫以表达思念之情的书信。

④玉虫：喻灯花。

⑤春幡：即春旗，旧俗立春日挂春幡于树梢，或剪缯绢成小幡，连缀簪之于首，以示迎春之意。

浣溪沙　古北口[1]（杨柳千条送马蹄）

杨柳千条送马蹄，北来征雁旧南飞。客中谁与换春衣。

终古[2]闲情归落照[3]，一春幽梦[4]逐游丝[5]。信回刚道别多时。

【注释】

①古北口：长城隘口之一。在北京密云东北，为古代军事要地。

②终古：往昔，自古以来。

③落照：落日的余晖。

④幽梦：隐约的梦境。

⑤游丝：飘荡在空中的蜘蛛丝。

鹊桥仙（梦来双倚）

梦来双倚，醒时独拥，窗外一眉新月。寻思常自悔分明，无奈却、照人清切[1]。

一宵灯下，连朝镜里，瘦尽十年花骨[2]。前期[3]总约上元时，怕难认、飘零人物。

【注释】

①清切：清晰准确，真切。

②花骨：花骨朵，这里形容人的容貌俏丽。

③前期：从前的约定。

鹊桥仙　七夕[1]（乞巧楼空）

乞巧楼[2]空，影娥池冷，佳节只供愁叹。丁宁[3]休曝旧罗衣，忆素手为余缝绽[4]。

莲粉[5]飘红，菱丝[6]翳[7]碧，仰见明星空烂。亲持钿合[8]梦中来，信天上人间非幻。

【注释】

①七夕：农历七月初七的晚上，神话传说天上的牛郎、织女每年在这个晚上相会。

②乞巧楼：乞巧的彩楼。乞巧，旧时风俗农历七月七日夜妇女在庭院向织女星乞求智巧称为“乞巧”。《荆楚岁时记》载：“七月七日为牵牛织女聚会之夜。是夕，人家妇女结彩缕，穿七孔针，或金银石为针，陈瓜果于庭中以乞巧。有喜子

(蜘蛛)网瓜上,则以符应。”又,《东京梦华录·七夕》云:“至初六日、七日晚,贵家多结彩楼于庭,谓之乞巧楼,铺陈磨喝乐、花瓜、酒炙、笔砚、针线,或儿童裁诗,女郎呈巧,焚香列拜,谓之乞巧。妇女望月穿针,或以小蜘蛛安盒子内,次日看之,若网圆正,谓之得巧。”

③丁宁:同“叮咛”,反复地嘱咐。

④缝绽:缝补破绽,这里是缝制的意思。

⑤莲粉:即莲花。

⑥菱丝:菱蔓。

⑦翳(yì):遮掩。

⑧钿合:镶嵌金、银、玉、贝的首饰盒子。相传为唐玄宗与杨贵妃定情之物,泛指情人间的信物。

南乡子(柳絮晚悠飏)

柳絮晚悠飏[①],斜日波纹映画梁[②]。刺绣女儿楼上立,柔肠[③],爱看晴丝[④]百尺长。

风定却闻香,吹落残红在绣床。休堕玉钗惊比翼[⑤],双双,共唼[⑥]苹花绿满塘。

【注释】

①悠飏:飘忽不定貌,飘扬、飞扬。

②画梁:有彩绘装饰的屋梁。

③柔肠:温柔的心肠,多指女子缠绵的情意。

④晴丝:虫类所吐的、在空中飘荡的游丝。

⑤比翼:传说中一种雌雄齐飞的鸟,比喻恩爱夫妻。

⑥唼(shà):吮吸。

南乡子　捣衣[①](鸳瓦已新霜)

鸳瓦[②]已新霜,欲寄寒衣[③]转自伤[④]。见说征夫容易瘦,端相[⑤],梦里回时仔细量。

支枕[⑥]怯空房,且拭清砧[⑦]就月光。已是深秋兼独夜,凄凉,月到西南更断肠。

【注释】

①捣衣:古人将洗过头次的脏衣服放在石板上捶击,去浑水,再清洗。明杨慎《丹铅总录·捣衣》:“古人捣衣,两女子对立执一杵,如舂米然。尝见六朝人

画捣衣图，其制如此。”

②鸳瓦：即鸳鸯瓦。

③寒衣：冬天御寒的衣服。

④自伤：自我悲伤感怀。

⑤端相：细看，端详。

⑥支枕：将枕头竖起，倚靠。

⑦清砧：捣衣石的美称。

南乡子　柳沟晓发（灯影伴鸣梭）

灯影伴鸣梭[①]，织女[②]依然怨隔河。曙色远连山色起，青螺[③]，回首微茫[④]忆翠蛾[⑤]。

凄切客中过，料抵秋闺[⑥]一半多。一世疏狂[⑦]应为著，横波[⑧]，作个鸳鸯消得[⑨]么？

【注释】

①鸣梭：梭子，织具。

②织女：织女星的俗称，位于银河以东，与牵牛星隔银河相对。古代神话传说织女与牛郎隔天河相对，每年七夕渡河相会。后人以此比喻夫妻或恋人分离，难以相见。

③青螺：喻青山。

④微茫：迷漫而模糊。

⑤翠蛾：妇女细而长的黛眉，古代女子以青黛描画修长的眉毛，故称，借指美女。

⑥秋闺：秋日的闺房，指易引秋思之所。

⑦疏狂：豪放，不受拘束。

⑧横波：比喻眼神闪烁流动。

⑨消得：值得，配得。

南乡子（烟暖雨初收）

烟暖雨初收，落尽繁花小院幽。摘得一双红豆子，低头，说著分携[①]泪暗流。

人去似春休，卮酒[②]曾将酹石尤[③]。别自有人桃叶渡[④]，扁舟，一种烟波各自愁。

【注释】

①分携：离别。

②卮酒：犹言杯酒。

③石尤：传说古代有商人尤某娶石氏女，情好甚笃，尤远行不归，石氏思念成疾，临死叹曰："吾恨不能阻其行以至于此。今凡有商旅远行，吾当作大风为天下妇人阻之。"见元伊世珍《琅记》引《江湖纪闻》。后因称逆风、顶头风为"石尤风"，故后人以之喻阻船之风。

④桃叶渡：渡口名。在今江苏南京秦淮河畔。相传因晋王献之在此送其爱妾桃叶而得名。后人以此指情人分别之地。

南乡子　为亡妇题照（泪咽却无声）

泪咽却无声，只向从前悔薄情。凭仗丹青[①]重省识[②]，盈盈，一片伤心画不成[③]。

别语忒分明。午夜鹣鹣[④]梦早醒。卿自早醒侬自梦，更更[⑤]，泣尽风檐夜雨铃。

【注释】

①丹青：丹和青是古代绘画常用的两种颜色，借指绘画，此处指亡妇的画像。

②省识：犹认识、忆起。

③一片伤心画不成：套用唐代高蟾《金陵晚望》："世间无数丹青手，一片伤心画不成。"另金代元好问有《家山归梦图》诗："卷中正有家山在，一片伤心画不成。"

④鹣（jiān）鹣：鸟名，即鹣鸟、比翼鸟，似凫，青赤色，相得乃飞。比喻夫妇情谊。

⑤更更：一更又一更，指整夜。

卷　四

一斛珠　元夜[1]月蚀（星球映彻）

星球[2]映彻[3]，一痕微褪梅梢雪。紫姑[4]待话经年别，窃药[5]心灰，慵把菱花揭。

踏歌[6]才起清钲歇[7]，扇纨[8]仍似秋期[9]洁。天公毕竟风流绝，教看蛾眉，特放些时[10]缺。

【注释】

①元夜：即元宵节。

②星球：团团的烟火。

③映彻：晶莹剔透貌。

④紫姑：神话中厕神名。又称子姑、坑三姑。相传为人家妾，为大妇所嫉，每以秽事相役，正月十五日激愤而死。故世人作其形夜于厕间或猪栏边祭之。见南朝宋刘敬叔《异苑》卷五、南朝梁宗懔《荆楚岁时记》。一说她姓何，名楣，字丽卿，为唐寿阳刺史李景之妾，为大妇曹氏所嫉，正月十五日夜被杀于厕中，天帝怜悯命为厕神。旧俗每于元宵在厕中祀之，并迎以扶箕。事见《显异录》以及宋苏轼《子姑神记》。

⑤窃药：传说后羿得不死之药于西王母，其妻娥盗食之，成仙奔月，后以“窃药”喻求仙。

⑥踏歌：传统的群众歌舞形式，互相牵手或搭肩，以脚踏地为节拍。

⑦清钲（zhēng）歇：指锣声停止，表示月食结束。钲，古代军中乐器，行军时敲击以节制步伐。古代习俗，认为月食是月亮被天狗吃掉了，因而月食时敲锣以吓退天狗。

⑧扇纨（wán）：指纨扇，白色丝绢做的团扇。

⑨秋期：指七夕，牛郎织女约会之期。

⑩些时：片刻，一会儿。

临江仙（丝雨如尘云著水）

丝雨如尘云著水，嫣香[1]碎拾吴宫[2]。百花冷暖避东风，酷怜娇易散，燕子学偎红[3]。

人说病宜随月减，恹恹[4]却与春同。可能留蝶抱花丛，不成双梦影，翻笑杏梁[5]空？

【注释】

①嫣香：娇艳芳香，亦指娇艳芳香的花。

②吴宫：指春秋吴王的宫殿，春秋吴都有东西宫，据汉袁康《越绝书·外传记·吴地传》载："西宫在长秋，周一里二十六步，秦始皇帝十一年，守宫者照燕失火，烧之。"

③偎红：紧贴着红花。

④恹恹：精神萎靡不振的样子。

⑤杏梁：文杏木所制的屋梁，言其屋宇的高贵。汉司马相如《长门赋》："刻木兰以为榱兮，饰文杏以为梁。"

临江仙（长记碧纱窗外语）

长记碧纱窗[1]外语，秋风吹送归鸦。片帆从此寄尺涯，一灯新睡觉，思梦月初斜。

便是欲归归未得，不如燕子还家。春云春水带轻霞[2]，画船[3]人似月，细雨落杨花。

【注释】

①碧纱窗：装有绿色薄纱的窗。

②轻霞：淡霞。

③画船：装饰华美的游船。南朝梁元帝《玄圃牛渚矶碑》："画船向浦，锦缆牵矶。"

临江仙（六曲阑干三夜雨）

塞上得家报，云秋海棠[1]开矣，赋此

六曲阑干三夜雨，倩谁护取娇慵[2]？可怜寂寞粉墙[3]东，已分裙衩[4]绿，犹裹泪绡红[5]。

曾记鬓边斜落下，半床凉月惺忪。旧欢如在梦魂中，自然肠欲断，何必更秋风。

【注释】

①秋海棠：又称"八月春""断肠花"。《采兰杂志》载，古代有一妇女怀念自己的心上人，但总不能见面，于是经常在墙下哭泣，眼泪滴入土中，后在洒泪之处长出一植株，花姿妩媚动人，花色像妇人的脸，叶子正面绿、背面红的小草，秋天

开花，名曰“断肠草”。《本草纲目拾遗》也记载：“相传昔人有以思而喷血阶下，遂生此草，故亦名‘相思草’。”纳兰性德扈驾塞上，或奉命出使，于塞外得家书后作此词。

②娇慵：柔弱倦怠的样子，这里指秋海棠花。此系以人拟花，为作者想象之语。

③粉墙：用白灰粉刷过的墙。

④裙钗：裙子与头钗都是妇女的衣饰，旧时借指女子。

⑤绡红：生丝织成的薄纱、薄绢。

临江仙　卢龙①大树（雨打风吹都似此）

雨打风吹都似此，将军②一去谁怜？画图曾见绿阴圆。旧时遗镞③地，今日种瓜田。

系马南枝④犹在否，萧萧欲下长川⑤。九秋⑥黄叶五更烟。只应摇落尽，不必问当年。

【注释】

①卢龙：地名，在今山海关西南，清属永平府。

②将军：指将军树，即大树。《后汉书·冯异传》：“每所止舍，诸将并坐论功，异常独屏树下，军中号‘大将军树’。”后遂以“将军树”借指大树，亦用为建立军功之典，唐王昌龄《从军行》：“虽投定远军，未坐将军树。”

③遗镞（chuò）：指遗弃或残剩的箭镞。

④南枝：朝南的树枝，比喻温暖舒适的地方。《古诗十九首·行行重行行》：“胡马依北风，越鸟巢南枝。”因以指故土故国。

⑤长川：长流。

⑥九秋：指九月深秋。

临江仙　永平①道中（独客单衾谁念我）

独客单衾②谁念我，晓来凉雨飕飕③。缄书④欲寄又还休，个侬⑤憔悴，禁得更添愁。

曾记年年三月病，而今病向深秋。卢龙风景白人头，药炉烟里，支枕听河流。

【注释】

①永平：清代永平府，在今山海关一带。

②单衾：薄被。

③飕飕：形容雨声。

④缄书：书信。

⑤个侬：这人，那人。

临江仙　谢饷[1]樱桃（绿叶成阴春尽也）

绿叶成阴春尽也，守宫偏护星星[2]。留将颜色慰多情，分明千点泪，贮作玉壶冰[3]。

独卧文园方病渴[4]，强拈红豆[5]酬卿。感卿珍重报流莺[6]，惜花须自爱，休只为花疼。

【注释】

①谢饷：感谢赠送。

②星星：通“猩猩”，形容樱桃猩红的颜色。

③玉壶冰：酒名。宋叶梦得《浣溪沙·送卢》词：“荷叶荷花水底天，玉壶冰酒酿新泉，一欢聊复记他年。”

④文园方病渴：汉司马相如曾任孝文园令，“常有消渴疾”，因此称病闲居，见《史记·司马相如列传》，后遂以“文园病”指消渴病，这里谓文人落魄，病困潦倒。

⑤红豆：代指樱桃。

⑥流莺：即莺。流，谓其鸣声婉转。

临江仙　寒柳（飞絮飞花何处是）

飞絮飞花何处是？层冰[1]积雪摧残。疏疏[2]一树五更寒。爱他明月好，憔悴也相关[3]。

最是繁丝摇落后，转教人忆春山[4]。湔裙梦断续应难。西风多少恨，吹不散眉弯[5]。

【注释】

①层冰：犹厚冰。宋辛弃疾《念奴娇·和南涧载酒见过雪楼观雪》词：“便拟明年，人间挥汗，留取层冰洁。”

②疏疏：稀疏貌。唐贾岛《光州王建使君水亭作》诗：“夕阳庭眺，槐的滴疏疏。”

③相关：彼此关连，相互牵涉，互相关心。

④春山：春日的山，亦指春日山中。春日山山色黛青，因喻指妇人姣好的眉毛，这里指代亡妻。

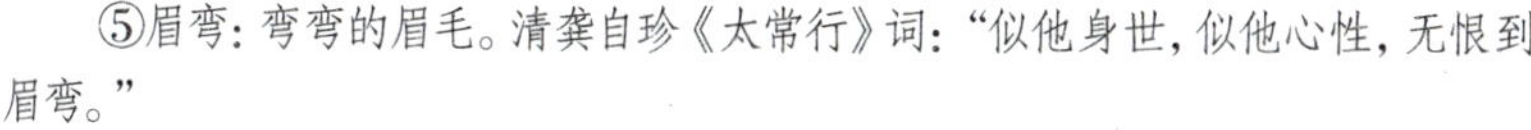

⑤眉弯：弯弯的眉毛。清龚自珍《太常行》词："似他身世，似他心性，无恨到眉弯。"

【点评】

言中有物，几令人感激涕零。容若词亦以此篇为压卷。

——陈廷焯

临江仙（夜来带得些儿雪）

夜来带得些儿雪，冻云[①]一树垂垂。东风回首不胜悲。叶干丝未尽，未死只颦眉[②]。

可忆红泥亭子[③]外，纤腰舞困因谁？如今寂寞待人归。明年依旧绿，知否系斑骓[④]？

【注释】

①冻云：严冬的阴云。宋陆游《好事近》词："扶杖冻云深处，探溪梅消息。"

②颦眉：皱眉。晋戴逵《放达为非道论》："是犹美西施而学其颦眉，慕有道而折其巾角。"

③红泥亭子：即红亭，长亭，路途中行人休憩、送别之处。

④斑骓（zhuī）：毛色青白相杂的骏马。唐李商隐《无题》："斑骓只系垂杨岸，何处西南待好风。"

红窗月（燕归花谢）

（按此律作红窗影，一名红窗迴）

燕归花谢，早因循[①]、又过清明。是一般风景，两样心情。犹记碧桃[②]影里、誓三生[③]。

乌丝阑纸[④]娇红篆，历历[⑤]春星[⑥]。道休孤[⑦]密约，鉴取[⑧]深盟[⑨]。语罢一丝香露[⑩]、湿银屏。

【注释】

①因循：本为道家语，意谓顺应自然。

②碧桃：一种供观赏的桃树，花重瓣，有白、粉红、深红等颜色。

③三生：佛家所说的三世转生，即前生、今生和来生。

④乌丝阑纸：指上下以乌丝织成栏，其间用朱墨界行的绢素，后亦指有墨线格子的笺纸。

⑤历历：一个个清晰分明。

⑥春星：星斗。

⑦孤：辜负，对不住。

⑧鉴取：察知了解。取，助词，表示动作之进行。

⑨深盟：指男女双方向天发誓，永结同心的盟约。

⑩香露：花草上的露水。

踏莎行（春水鸭头）

春水[①]鸭头，春衫鹦嘴，烟丝无力风斜倚。百花时节好逢迎，可怜人掩屏山睡。

密语移灯，闲情[②]枕臂，从教[③]酝酿孤眠味。春鸿[④]不解[⑤]讳相思，映窗书破[⑥]人人字。

【注释】

①春水：春天的河水。

②闲情：闲散的心情。

③从教：任凭，听凭。

④春鸿：春天的鸿雁。

⑤不解：不懂，不理解。

⑥书破：书写错乱，指雁行不成“人”字形。

踏莎行　寄见阳（倚柳题笺）

倚柳题笺，当花侧帽[①]，赏心[②]应比驱驰[③]好。错教双鬓受东风，看吹绿影[④]成丝早。

金殿[⑤]寒鸦，玉阶春草，就中冷暖和谁道？小楼明月镇长[⑥]闲，人生何事缁尘[⑦]老。

【注释】

①侧帽：斜戴着帽子，语见《周书·独狐信传》，谓信：“在秦州，尝因猎，日暮，驰马入城，其帽微侧，诘旦，而吏人有戴帽者，咸慕信而侧帽焉。”后以谓洒脱不羁的装束。

②赏心：心意欢乐。

③驱驰：策马快奔。

④绿影：指乌亮的头发。

⑤金殿：金饰的殿堂，指帝王的宫殿。

⑥镇长：经常，时常。

⑦缁（zi）尘：黑色灰尘，常喻世俗污垢。

蝶恋花（辛苦最怜天上月）

辛苦最怜天上月，一昔①如环，昔昔都成玦②。若似月轮③终皎洁，不辞冰雪为卿热。

无那尘缘容易绝，燕子依然，软踏帘钩说。唱罢秋坟愁未歇，春丛④认取⑤双栖蝶⑥。

【注释】

①一昔：一夜。昔，同“夕”，见《左传·哀公四年》：“为一昔之期。”纳兰性德曾在其词序说亡妻曾在梦中“临别有云‘衔恨愿为天上月，年年犹得向郎圆’。”

②玦：玉，佩玉的一种。形如环而有缺口，借喻月缺。

③月轮：泛指月亮。

④春丛：春日丛生的花木。

⑤认取：辨认，认得。取，语助词。

⑥双栖蝶：用梁山伯、祝英台死后化蝶的典故。

蝶恋花（眼底风光留不住）

眼底风光留不住，和暖和香，又上雕鞍①去。欲倩烟丝遮别路，垂杨那是相思树。

惆怅玉颜成闲阻②，何事东风，不作繁华主。断带③依然留乞句，斑骓一系无寻处。

【注释】

①雕鞍：雕饰有精美图案的马鞍。

②闲阻：亦作“间阻”，阻隔。

③断带：割断了的衣带。这里用李商隐《柳枝词序》序云，商隐从弟李让山遇洛中里女子柳枝，诵商隐《燕台诗》，“柳枝惊问：‘谁人有此？谁人为是？’让山谓曰：‘此吾里中少年叔耳。’柳枝手断长带，结让山为赠叔，乞诗”。

蝶恋花（又到绿杨曾折处）

又到绿杨曾折处，不语垂鞭，踏遍清秋路。衰草①连天无意绪②，雁声远向萧关③去。

不恨天涯行役④苦，只恨西风，吹梦成今古。明日客程还几许，沾衣况是新寒⑤雨。

【注释】

①衰草：干枯的野草。

②意绪：心意，情绪。南朝齐王融《咏琵琶》："丝中传意绪，花里寄春情。"

③萧关：古关名，故址在今宁夏固原东南，为自关中通向塞北的交通要冲，此处指边关。

④行役：旧指因服兵役、劳役或公务而出外跋涉，泛称行旅出行。

⑤新寒：气候开始转冷。

【点评】

情景兼胜，亦有笔力。一味凄感。

——陈廷焯

以自然之眼观物，以自然之舌言情。

——王国维

蝶恋花（萧瑟兰成看老去）

萧瑟[①]兰成[②]看老去，为怕多情，不作怜花句。阁泪[③]倚花愁不语，暗香飘尽知何处？

重到旧时明月路。袖口香寒，心比秋莲[④]苦。休说生生[⑤]花里住，惜花人去花无主。

【注释】

①萧瑟：寂寞凄凉。

②兰成：北周庾信之小字。北周庾信《哀江南赋》："王子滨洛之岁，兰成射策之年。"唐陆龟蒙《小名录》："庾信幼而俊迈，聪敏绝伦，有天竺僧呼信为兰成，因以为小字。"此处词人借指自己。

③阁泪：含着眼泪。宋无名氏《鹧鸪天·离别》："尊前只恐伤郎意，阁泪汪汪不敢垂。"

④秋莲：荷花，因于秋季结莲，故称。

⑤生生：世世，一代又一代。

蝶恋花　夏夜（露下庭柯蝉响歇）

露下庭柯[①]蝉响歇。纱碧如烟，烟里玲珑月。并著香肩[②]无可说，樱桃[③]暗解丁香结[④]。

笑卷轻衫鱼子缬[⑤]。试扑流萤[⑥]，惊起双栖蝶。瘦断玉腰[⑦]沾粉叶，人生那不相思绝。

【注释】

①庭柯：庭园中的树木。晋陶潜《停云》诗："翩翩飞鸟，息我庭柯。"

②香肩：散发着香气的肩背。

③樱桃：比喻女子的嘴唇如樱桃般小巧红艳，此处代指恋人。

④丁香结：丁香的花蕾。用以喻愁绪之郁结难解。唐尹鹗《拨棹子》词："寸心恰似丁香结，看看瘦尽胸前雪。"

⑤鱼子缬（xié）：绢织物名。唐段成式《嘲飞卿》："醉袂几侵鱼子缬，飘缨长凤皇钗。"

⑥流萤：飞行无定的萤。唐杜牧《秋夕》诗："银烛秋光冷画屏，轻罗小扇扑流萤。"

⑦玉腰：称美女的腰，这里指蝴蝶的身体。

蝶恋花　出塞（今古河山无定拒）

今古河山无定据[①]。画角[②]声中，牧马[③]频来去。满目荒凉谁可语？西风吹老丹枫树。

从前幽怨应无数。铁马金戈[④]，青冢[⑤]黄昏路。一往情深深几许，深山夕照深秋雨。

【注释】

①无定据：没有一定。宋毛开《渔家傲·次丹阳忆故人》词："可忍归期无定据，天涯已听边鸿度。"

②画角：古管乐器，传自西羌。形如竹筒，本细末大，以竹木或皮革等制成，因表面有彩绘，故称。发声哀厉高亢，古时军中多用以警昏晓，振士气，肃军容。帝王出巡，亦用以报警戒严。

③牧马：指古代作战用的战马。

④铁马金戈：形容威武雄壮的士兵和战马。代指战事，兵事。

⑤青冢：指汉王昭君墓，在今内蒙古自治区呼和浩特南。

【点评】

此首通体俱佳。唯换头"从前幽怨"不叶，可倒为"幽怨从前"。

——吴世昌

蝶恋花（尽日惊风吹木叶）

尽日惊风[①]吹木叶。极目嵯峨，一丈天山[②]雪。去去[③]丁零[④]愁不绝，那堪客里还伤别。

若道客愁容易辍。除是朱颜，不共春销歇⑤。一纸乡书和泪摺⑥，红闺此夜团圞月。

【注释】

①惊风：狂风。

②天山：在新疆中部。此处是以天山代指塞外之山。

③去去：一步一步地远行，越去越远。

④丁零：古代少数民族名，汉时游牧于我国北部和西北部。《史记·匈奴列传》：“后北服浑庚、屈射、丁零、鬲昆、薪犁之国。”张守义正义：“已上五国在匈奴北。”此处是借指塞外极边之地。

⑤销歇：衰败零落。

⑥摺：通“折”。

【点评】

赠别也好，情词也好，率露之语，温柔蕴藉，是其突出的特色。

——张秉戍

蝶恋花（准拟春来消寂寞）

准拟①春来消寂寞。愁雨愁风，翻把春担阁②。不为伤春情绪恶，为怜镜里颜非昨。

毕竟③春光谁领略④？九陌⑤缁尘，抵死⑥遮云壑⑦。若得寻春终遂约，不成长负东君⑧诺。

【注释】

①准拟：料想，打算。

②担阁：耽搁，迟延，耽误。

③毕竟：终归，终究，到底。

④领略：欣赏，晓悟。

⑤九陌：汉长安城中的九条大道。《三辅黄图·长安八街九陌》：“《三辅旧事》云：长安城中八街、九陌。”泛指都城大道和繁华闹市。

⑥抵死：经常，总是。宋晏殊《蝶恋花》：“百尺楼头闲倚遍。薄雨浓云，抵死遮人面。”

⑦云壑：云气遮覆的山谷，此处借指僻静的隐居之所。唐于鹄《过凌霄洞天谒张先生祠》诗：“乃知轩冕徒，宁比云壑眠。”

⑧东君：传说中的太阳神或指司春之神。《史记·封禅书》：“晋巫祠五帝、东君、云中，司命之属。”

唐多令　雨夜（丝雨织红茵）

丝雨织红茵[①]，苔阶[②]压绣纹。是年年、肠断黄昏。到眼芳菲都惹恨，那更说，塞垣[③]春。

萧飒[④]不堪闻，残妆[⑤]拥夜分[⑥]。为梨花、深掩重门[⑦]。梦向金微山[⑧]下去，才识路，又移军[⑨]。

【注释】

①红茵：红色的垫褥。唐元稹《梦游春七十韵》："铺设绣红茵，施张钿妆具。"这里指红花遍地，犹如红色地毯。

②苔阶：生有苔藓的石阶。

③塞垣：本指汉代为抵御鲜卑所设的边塞，后亦指长城，边关城墙。

④萧飒：形容风雨吹打草木所发出的声音。

⑤残妆：指女子残褪的化妆。

⑥夜分：夜半。

⑦重门：宫门，屋内的门。

⑧金微山：即今天的阿尔泰山。后汉永元三年耿夔击北单于于金微山，大破之，单于走死，山在漠北，去朔方五千余里，唐置金微都督府。

⑨移军：转移军队。

唐多令（金液镇心惊）

金液[①]镇心惊，烟丝似不胜。沁鲛绡[②]、湘竹无声。不为香桃[③]怜瘦骨，怕容易，减红情[④]。

将息[⑤]报飞琼[⑥]，蛮笺[⑦]署小名。鉴凄凉、片月三星[⑧]。待寄芙蓉心上露，且道是，解朝酲[⑨]。

【注释】

①金液：古代方士炼的一种丹液，谓服之可以成仙，也用来喻美酒。

②鲛绡：传说中鲛人所织的绡，亦借指薄绢、轻纱，亦可代指手帕、丝巾。

③香桃：指仙境里的桃树。唐李商隐《海上谣》："海底觅仙人，香桃如瘦骨。"亦可解为香桃骨，比喻女子的坚贞风骨。柳亚子《题莼农四婵娟室填词图》："崎自爱香桃骨，怨难忘碧血花。"

④红情：犹言艳丽的情趣。

⑤将息：保重，调养。

⑥飞琼：许飞琼，传说中的仙女名，西王母的侍女，后泛指仙女或美丽的女子。

⑦蛮笺：谓蜀笺，唐时指四川地区所造彩色花纸；或唐时高丽纸的别称，宋顾文荐《负暄杂录纸》：“唐中国纸未备，多取于外夷，故唐人诗多用蛮笺字，亦有谓也。高丽岁贡蛮纸，书卷多用为衬。”

⑧三星：《诗经·唐风·绸缪》：“三星在天。”毛诗：“三星，参也。”郑玄笺：“三星，谓心星也。”均专指一宿而言，但天空中明亮的三星，有参宿三星、心宿三星、河鼓三星，这里指心宿三星。

⑨朝酲（chéng）：谓隔夜醉酒早晨酒醒后仍困惫如病。

唐多令　塞外重九（古木向人秋）

古木向人秋，惊蓬①掠鬓稠。是重阳、何处堪愁。记得当年惆怅事，正风雨，下南楼②。

断梦几能留，香魂③一哭休。怪凉蟾④、空满衾裯⑤。霜落乌啼浑不睡，偏想出，旧风流。

【注释】

①惊蓬：疾飞的断蓬，喻行踪漂泊不定。也用来形容散乱蓬松的头发。

②南楼：在南面的楼。南朝宋谢灵运有《南楼中望所迟客》诗。

③香魂：美人之魂。

④凉蟾：皎月，指秋月。唐李商隐《燕台诗·秋》：“月浪衡天天宇湿，凉蟾落尽疏星入。”

⑤衾裯（chóu）：指被褥床帐等卧具。语出《诗·召南·小星》：“肃肃宵征，抱衾与裯实命不犹。”

踏莎美人　清明（拾翠归迟）

拾翠①归迟，踏青期近，香笺小叠邻姬②讯③。樱桃花谢已清明，何事绿鬟④斜亸⑤宝钗横。

浅黛双弯，柔肠几寸，不堪更惹其他恨。晓窗窥梦有流莺，也说个侬⑥憔悴可怜生⑦。

【注释】

①拾翠：拾取翠鸟羽毛以为首饰，后多指妇女游春。语出三国魏曹植《洛神赋》：“或采明珠，或拾翠羽。”

②邻姬：邻家女子。

③讯：通“信”。

④绿鬟：指乌黑发亮的头发。

⑤斜亸（duǒ）：斜斜地垂下来。

⑥个侬：犹这人或那人。

⑦生：用于形容词词尾。

苏幕遮（枕函香）

枕函香，花径[①]漏。依约相逢，絮语[②]黄昏后。时节薄寒[③]人病酒[④]。刬地[⑤]梨花，彻夜东风瘦。

掩银屏，垂翠袖。何处吹箫，脉脉情微逗[⑥]。肠断月明红豆蔻[⑦]。月似当时，人似当时否？

【注释】

①花径：花间的小路。

②絮语：连续不断地说话。

③薄寒：微寒。

④病酒：饮酒沉醉或谓饮酒过量而生病。

⑤刬地：尽是。

⑥逗：引发，触动。

⑦红豆蔻：植物名。宋范成大《桂海虞衡志·志花·红豆蔻》："红豆花从生……一穗数十蕊，淡红鲜妍，如桃杏花色。蕊重则下垂如葡萄，又如火齐璎珞及剪彩鸾枝之状。此花无实，不与草豆蔻同种。每蕊心有两瓣相并，词人托兴曰比连理云。"

苏幕遮　咏浴（鬓云松）

鬓云松，红玉[①]莹。早月多情，送过梨花影。半晌斜钗慵[②]未整。晕入轻潮，刚爱微风醒。

露华[③]清，人语静。怕被郎窥，移却青鸾镜[④]。罗袜[⑤]凌波[⑥]波不定。小扇单衣，可耐星前冷。

【注释】

①红玉：比喻红色而有光泽的东西。

②慵：慵懒。

③露华：清冷的月光。

④青鸾镜：即镜子。相传罽宾王于峻祁之山，获一鸾鸟，饰以金樊，食以珍馐，但三年不鸣。其夫人曰：尝闻鸟见其类而后鸣，何不悬镜以映之。王从其意，鸾睹形悲鸣，哀响中霄，一奋而绝。见《艺文类聚》卷九十引南朝梁范泰《鸾鸟诗

序》。后因以"青鸾"借指镜。清阮元《小沧浪笔谈》卷三："青鸾不用羞孤影，开匣常如见故人。"

⑤罗袜：丝罗所制之袜。

⑥凌波：形容女子脚步轻盈，飘移如履水波。语出曹植《洛神赋》："凌波微步，罗袜生尘。"

淡黄柳　咏柳（三眠未歇）

三眠①未歇，乍到秋时节。一树斜阳蝉更咽，曾绾灞陵②离别。絮已为萍风卷叶，空凄切。

长条莫轻折。苏小恨，倩他说。尽飘零、游冶③章台④客。红板桥⑤空，湔裙人⑥去，依旧晓风残月。

【注释】

①三眠：即三眠柳，指柽柳，又名人柳，此柳的柔弱枝条在风中摇曳，时时伏倒。《三辅故事》："汉苑中有柳状如人形，号曰人柳。一日三眠三起。"故柽柳又称三眠柳。

②灞陵：古地名。本作霸陵。故址在今陕西西安市东。汉文帝葬于此，故称。三国魏改名霸城，北周建德二年废。

③游冶：出游寻乐。

④章台：秦宫殿名，以宫内有章台而得名，此处指妓楼舞馆。唐韩有姬柳氏，以艳丽称。韩获选上第，归家省亲；柳留居长安，安史乱起，出家为尼。后韩使人寄柳诗曰："章台柳，章台柳，昔日青青今在否？纵使长条似旧垂，亦应攀折他人手。"

⑤红板桥：红色木板搭建的桥。唐白居易《杨柳枝词》之四："红板江桥青酒旗，馆娃宫暖日斜晖。"

⑥湔裙人：代指情人或某女子。湔裙本为度厄避灾。后唐李商隐《柳枝词序》云：洛中里女子柳枝与商隐之弟李让山相遇相约，谓三日后她将"湔裙水上"来会，后以此典借指情爱之事。

青玉案　辛酉人日①（东风七日蚕芽软）

东风七日蚕芽②软。青一缕、休教剪。梦隔湘烟征雁远。那堪又是，鬓丝吹绿，小胜③宜春颤。

绣屏浑不遮愁断，忽忽年华空冷暖。玉骨几随花骨换。三春醉里，三秋别后，寂寞钗头燕。

【注释】

①人日：旧俗以农历正月初七为人日，传说女娲初创世，在造出了鸡狗猪牛马等动物后，于第七天造出了人，所以这一天是人类的生日。汉东方朔《占书》载，正月一日为鸡，二日为狗，三日为猪，四日为羊，五日为牛，六日为马，七日为人，八日为谷。

②蚕芽：即桑芽。

③小胜：即玉胜，又称华胜。古代一种玉制的发饰，为花形首饰。传说为西王母所戴，汉代后多以剪彩为之。南朝梁人宗懔在《荆楚岁时记》中曾记录楚地“剪春胜以相遗”的习俗：正月七日为人日。以七种菜为羹，剪彩为人，或镂金箔为人胜，以贴屏风，亦戴之头鬓。又造华胜以相遗。

青玉案　宿乌龙江[①]（东风卷地飘榆荚）

东风卷地飘榆荚[②]，才过了，连天雪。料得香闺[③]香正彻。那知此夜，乌龙江畔，独对初三月。

多情不是偏多别，别离只为多情设。蝶梦[④]百花花梦蝶。几时相见，西窗剪烛[⑤]，细把而今说。

【注释】

①乌龙江：即黑龙江。

②榆荚：榆树之荚，榆树结的果实。

③香闺：指青年女子的内室。

④蝶梦：《庄子·齐物论》：“昔者庄周梦为胡蝶，栩栩然胡蝶也，自喻适志与！不知周也。俄然觉，则蘧蘧然周也。不知周之梦为胡蝶与，胡蝶之梦为周与？周与胡蝶，则必有分矣。此之谓物化。”后因以“蝶梦”喻迷离恍惚的梦境。

⑤西窗剪烛：犹言剪烛西窗，指亲友聚谈。语出李商隐诗《夜雨寄北》：“何当共剪西窗烛，共话巴山夜雨时。”此指与所思恋的人聚谈。

月上海棠　中元[①]塞外（原头野火烧残碣）

原头野火烧残碣[②]，叹英魂才魄暗销歇。终古江山，问东风、几番凉热[③]。惊心事，又到中元时节。

凄凉况是愁中别，枉沉吟[④]千里共明月。露冷鸳鸯，最难忘、满池荷叶。青鸾[⑤]杳，碧天云海[⑥]音绝。

【注释】

①中元：中元节，指农历七月十五日。旧时道观于此日作斋醮，僧寺作盂兰盆会，民俗亦有祭祀亡故亲人等活动。

②残碣（jié）：残碑。

③凉热：寒暑，冷暖。

④沉吟：深思吟咏。

⑤青鸾：即青鸟，神话传说中为西王母取食传信的神鸟，借指传送信息的使者。化用李商隐《无题》："蓬山此去无多路，青鸟殷勤为探看。"

⑥碧天云海：形容天水一色，无限辽远。此句化用李商隐《嫦娥》："嫦娥应悔偷灵药，碧海青天夜夜心。"

月上海棠　瓶梅[1]（重檐澹月浑如水）

重檐[2]澹月浑如水，浸寒香[3]、一片小窗里。双鱼[4]冻合[5]，似曾伴个人、无寐。横眸[6]处，索笑[7]而今已矣。

与谁更拥灯前髻，乍横斜、疏影疑飞坠。铜瓶小注，休教近、麝炉烟气。酬伊也，几点夜深清泪。

【注释】

①瓶梅：插在瓶中以供观赏的梅花。

②重檐：两层屋檐。

③寒香：清冽的香气，形容梅花的香气。

④双鱼：双鱼洗，镌刻有双鱼形象的洗手器。

⑤冻合：犹言冰封。唐李益《盐州过胡儿饮马泉》诗："从来冻合关山路，今日分流汉使前。"

⑥横眸：流动的眼神。

⑦索笑：犹逗乐，取笑。

一丛花　咏并蒂莲[1]（阑珊玉佩罢霓裳）

阑珊玉佩罢霓裳[2]，相对绾[3]红妆。藕丝风送凌波去，又低头、软语[4]商量。一种情深，十分心苦，脉脉背斜阳。

色香空尽转生香，明月小银塘[5]。桃根桃叶[6]终相守，伴殷勤、双宿鸳鸯。菰米[7]漂残，沉云乍黑，同梦寄潇湘[8]。

【注释】

①并蒂莲：并排长在同一茎上的两朵莲花。

②霓裳：即《霓裳羽衣曲》，唐代著名舞曲，为开元中河西节度使杨敬忠所献，初名《婆罗门曲》，经唐玄宗润色并制歌词，后改用今名。传说中亦有唐玄宗登三乡驿、望女儿山及游月宫密记仙女之歌，归而所作等说。

③绾：盘绕，系结。

④软语：体贴温柔委婉的话。

⑤银塘：清澈明净的池塘。南朝梁简文帝《和武帝宴诗》之一：“银塘泻清渭，铜沟引直漪。”

⑥桃根桃叶：桃叶是晋王献之爱妾，桃根是桃叶的妹妹。王献之《桃叶歌》：“桃叶复桃叶，渡江不用楫。但渡无所苦，我自迎接汝。”又：“桃叶复桃叶，桃树连桃根。相怜两乐事，独使我殷勤。”

⑦菰（gū）米：菰之实。一名雕胡米，古以为六谷之一。

⑧潇湘：指湘江，因湘江水清深故名。相传舜二妃娥皇、女英没于湘水，遂为湘水之神。这里借二妃代指并蒂莲。

金人捧露盘　净业寺[1]观莲有怀荪友（藕风轻）

藕风轻，莲露冷，断虹[2]收，正红窗、初上帘钩。田田[3]翠盖[4]，趁斜阳、鱼浪[5]香浮。此时画阁垂杨岸，睡起梳头。

旧游踪，招提[6]路，重到处，满离忧。想芙蓉、湖上悠悠。红衣狼籍，卧看桃叶送兰舟。午风吹断江南梦，梦里菱讴[7]。

【注释】

①净业寺：据《啸亭杂录》云：“成亲王府在净业湖北岸，系明珠宅。”故净业寺在净业湖边，旧址大约在今北京什刹海后海宋庆龄故居附近。

②断虹：一段彩虹。

③田田：形容荷叶相连的样子，古乐府《江南曲》中有“莲叶何田田”的句子。

④翠盖：饰以翠羽的车盖，指形如翠盖的植物茎叶。

⑤鱼浪：波浪，鳞纹细浪。

⑥招提：音译为“拓斗提奢”，省作“拓提”，后误为“招提”，其义为“四方”，四方之僧称招提僧，四方僧之住处称为招提僧坊，北魏太武帝造伽蓝创招提之名，后遂为寺院的别称。此处指净业寺。

⑦菱讴：即菱歌，采菱之歌。

洞仙歌　咏黄葵[1]（铅华不御）

铅华不御，看道家妆[2]就。问取人家入时否。为孤情淡韵，判不宜春，矜标格、开向晚秋时候。

无端轻薄雨，滴损檀心[3]，小叠宫罗[4]镇[5]长皱。何必诉凄清，为爱秋光，被几日、西风吹瘦。便零落、蜂黄[6]也休嫌，且对倚斜阳，胜偎红袖。

【注释】

①黄葵：植物名，即秋葵、黄蜀葵，唐薛能有《黄蜀葵》诗，唐韩有《黄蜀葵赋》。七至十月开花，状貌似蜀葵，花亦不像蜀葵之色彩纷繁，大多为淡黄色，近花心处呈紫褐色。

②道家妆：即身着黄色的道袍。

③檀心：浅红色的花蕊，这里指黄葵紫褐色的花心。

④宫罗：一种质地较薄的丝织品。

⑤镇：久、常之意。

⑥蜂黄：古代妇女涂额的黄色妆饰，也称花黄、额黄。唐李商隐《酬崔八早梅有赠兼示之作》诗："何处拂胸资蝶粉，几时涂额藉蜂黄。"

翦湘云　送友（险韵慵拈）

险韵[①]慵拈，新声[②]醉倚。尽历遍情场，懊恼曾记。不道当时肠断事，还较而今得意。向西风、约略数年华，旧心情灰矣。

正是冷雨秋槐，鬓丝憔悴，又领略愁中送客滋味。密约重逢知甚日，看取青衫和泪[③]。梦天涯、绕遍尽由人，只樽前迢递[④]。

【注释】

①险韵：韵字生僻难押的诗韵。

②新声：新作的乐曲，新颖美妙的乐音。或指新乐府辞或其他不能入乐的诗歌。

③青衫和泪：唐白居易贬官江州司马时所作《琵琶行》："座中泣下谁最多，江州司马青衫湿。"后喻指失意之官吏。

④迢递：形容时间久长。唐韦应物《春宵燕万年吉少府南馆》诗："河汉上纵横，春城夜迢递。"

念奴娇（人生能几）

人生能几？总不如休惹、情条[①]恨叶。刚是尊前同一笑，又到别离时节。灯灺挑残，炉烟爇尽，无语空凝咽[②]。一天凉露，芳魂[③]此夜偷接。

怕见人去楼空，柳枝无恙，犹扫窗间月。无分暗香深处住，悔把兰襟[④]亲结。尚暖檀[⑤]痕，犹寒翠影，触绪添悲切。愁多成病，此愁知向谁说？

【注释】

①情条：指纷乱的情绪。

②凝咽：犹哽咽，哭时不能痛快出声。

③芳魂：谓美人的魂魄。

④兰襟：芬芳的衣襟，比喻知心朋友。

⑤檀：即檀粉。

念奴娇（绿杨飞絮）

绿杨飞絮，叹沉沉[①]院落、春归何许[②]？尽日缁尘吹绮陌[③]，迷却梦游归路。世事悠悠，生涯未是，醉眼斜阳暮。伤心怕问，断魂何处金鼓[④]？

夜来月色如银，和衣独拥，花影疏窗度。脉脉此情谁得识？又道故人别去。细数落花，更阑[⑤]未睡，别是闲情绪。闻余长叹，西廊唯有鹦鹉。

【注释】

①沉沉：幽深的样子。

②何许：什么，哪里。

③绮陌：繁华的街道，亦指风景美丽的郊野道路。

④金鼓：即钲。《汉书·司马相如传上》："金鼓，吹鸣籁。"颜师古注："金鼓谓钲也。"王先谦补注："钲，铙。其形似鼓，故名金鼓。"

⑤更阑：更深夜尽，深夜。

念奴娇　废园有感（片红飞减）

片红[①]飞减，甚东风不语、只催漂泊。石上胭脂[②]花上露，谁与画眉[③]商略？碧甃[④]瓶沉，紫钱[⑤]钗掩，雀踏金铃索[⑥]。韶华如梦，为寻好梦担阁。

又是金粉[⑦]空梁，定巢燕子，一口香泥落。欲写华笺凭寄与，多少心情难托。梅豆[⑧]圆时，柳绵飘处，失记[⑨]当初约。斜阳冉冉，断魂分付残角[⑩]。

【注释】

①片红：残花。

②胭脂：这里指花瓣。

③画眉：画眉鸟，鸣声婉转动听因有色眼圈而得此名。

④碧甃：青绿色的井壁，借指井。

⑤紫钱：指苔藓。

⑥金铃索：护花铃的绳索。

⑦金粉：喻指繁华绮丽的生活。

⑧梅豆：梅花苞蕾。

⑨失记：忘记。

⑩残角：远处隐约的角声。唐刘复《夕次襄邑》诗："古戍飘残角，疏林振夕风。"

【点评】

诗人极写庭院冷落，极写对庭院主人的怀念，同时又隐藏对人生的看法，隐藏着对兴废盛衰的悲哀。

——黄天骥

全词未见"愁""苦""怨""恨"等字样，所谓"即愁苦之音亦以华贵出之"（况周颐《惠风词话》卷一）；而寓怅惘哀伤之情于景物描写之中，意旨深沉。

——盛冬铃

念奴娇　宿汉儿村（无情野火）

无情野火，趁西风烧遍、天涯芳草。榆塞[①]重来冰雪里，冷入鬓丝吹老。牧马长嘶，征笳[②]乱动，并入愁怀抱。定知今夕，庾郎瘦损多少。

便是脑满肠肥，尚难消受，此荒烟落照。何况文园[③]憔悴后，非复酒垆[④]风调。回乐峰[⑤]寒，受降城[⑥]远，梦向家山绕。茫茫百感，凭高唯有清啸[⑦]。

【注释】

①榆塞：《汉书·韩安国传》："后蒙恬为秦侵胡辟数千里以河为竟。累石为城，树榆为塞，匈奴不敢饮马于河。"后因以"榆塞"泛称边关、边塞。

②征笳：旅人吹奏的胡笳。

③文园：指汉司马相如，因司马相如曾任文园令。《史记》曰："口吃而善著书，常有消渴疾。与卓氏婚，饶于财。其进仕宦，未尝肯与公卿国家之事，称病闲居，不慕官爵。"

④酒垆：卖酒处安置酒瓮的砌台，亦借指酒肆、酒店。这里指司马相如过饮于卓氏，以琴心挑之，文君夜奔相如，同驰归成都。因家贫复回临邛，尽卖其车骑，置酒舍卖酒。相如身穿犊鼻裈，与奴婢杂作、涤器于市中，而使文君当垆，卓王孙深以为耻，不得已而分财产与之，使回成都。

⑤回乐峰：回乐县境内的一个山峰。回乐县唐属灵州，为朔方节度治所，在今甘肃灵武西南。

⑥受降城：城名。汉唐筑以接受敌人投降，故名。汉故城在今内蒙古乌拉特旗北，唐筑有三城，中城在朔州，西城在灵州，东城在胜州。唐李益《夜上受降城闻笛》："回乐峰前沙似雪，受降城外月如霜。"

⑦清啸：清越悠长的啸鸣。

东风第一枝　桃花（薄劣东风）

薄劣[①]东风，凄其夜雨，晓来依旧庭院。多情前度崔郎[②]，应叹去年人面。湘帘[③]乍卷，早迷了、画梁栖燕。最娇人、清晓莺啼，飞去一枝犹颤。

背山郭、黄昏开遍。想孤影、夕阳一片。是谁移向亭皋[④]，伴取晕眉[⑤]青眼[⑥]。五更风雨，莫减却、春光一线。傍荔墙[⑦]、牵惹游丝，昨夜绛楼[⑧]难辨。

【注释】

①薄劣：薄情。宋张元干《踏莎行》："薄劣东风，夭斜落絮，明朝重觅吹笙路。"

②崔郎：崔护，字殷功，博陵（今河北定县）人。唐代诗人，官至御史大夫、岭南节度使。据唐孟《本事诗·情感》记载，崔护于清明日游长安城南，因渴求饮，见一女子独自靠着桃树站立，遂一见倾心。次年清明又去，人未见，门已锁。崔因题诗于左扉："去年今日此门中，人面桃花相映红。人面不知何处去，桃花依旧笑春风。"

③湘帘：用湘妃竹做的帘子。宋范成大《夜宴曲》诗："明琼翠带湘帘斑，风帏绣浪千飞鸾。"

④亭皋：水边的平地。《汉书·司马相如传上》："亭皋千里，靡不被筑。"王先谦补注："亭当训平……亭皋千里，犹言平皋千里。皋，水旁地。"

⑤晕眉：谓妇女晕淡的眉目。

⑥青眼：即柳眼。

⑦荔墙：薜荔墙。

⑧绛楼：红楼。

秋水　听雨（谁道破愁须仗酒）

（按此调谱律不载，疑亦自度曲）

谁道破愁须仗酒，酒醒后，心翻醉。正香销翠被[①]，隔帘惊听，那又是、点点丝丝和泪。忆剪烛[②]、幽窗小憩。娇梦垂成[③]，频唤觉、一眶秋水[④]。

依旧乱蛩声里，短檠明灭，怎教人睡。想几年踪迹，过头风浪[⑤]，只消受、一段横波[⑥]花底。向拥髻、灯前提起。甚日还来，同领略、夜雨空阶滋味。

【注释】

①翠被：翡翠羽制成的背帔。

②忆剪烛：语出唐李商隐《夜雨寄北》诗。谓剔烛芯。后以"剪烛"为促膝夜谈之典。元杨载《题火涉不花同知画像》诗："裘暖鸣鞭疾，翡翠帘深剪烛频。"

③垂成：事情将近成功。

④秋水：秋天的水，比喻人（多指女人）清澈明亮的眼睛。

⑤风浪：比喻艰险的遭遇。

⑥横波：水波闪动，比喻女子眼神闪烁。

木兰花慢（盼银河迢递）

立秋夜雨，送梁汾南行

盼银河迢递，惊入夜，转清商[①]。乍西园蝴蝶，轻翻麝粉[②]，暗惹蜂黄[③]。炎凉。等闲瞥眼，甚丝丝、点点搅柔肠。应是登临送客，别离滋味重尝。

疑将[④]。水墨[⑤]画疏窗。孤影淡潇湘[⑥]。倩一叶高梧，半条残烛，做尽商量。荷裳[⑦]。被风暗剪，问今宵、谁与盖鸳鸯。从此羁愁[⑧]万叠[⑨]，梦回分付啼螿[⑩]。

【注释】

①清商：商声，古代五音之一。古谓其调凄清悲凉，故称。谓秋雨、秋风之声。晋潘岳《悼亡诗》："清商应秋至，溽暑随节阑。"

②麝粉：香粉，代指蝴蝶翅膀。

③蜂黄：此处代指蜜蜂。

④疑将：仿佛，类似。将，助词。唐王勃《郊园即事》："断山疑画障，悬溜泄鸣琴。"

⑤水墨：浅黑色，常形容或借指烟云。

⑥潇湘：本指湘江，或指潇水、湘水，此处代指竹子。

⑦荷裳：用荷叶做衣服，这里指荷叶。

⑧羁愁：旅人的愁思。

⑨万叠：形容愁情的深厚。

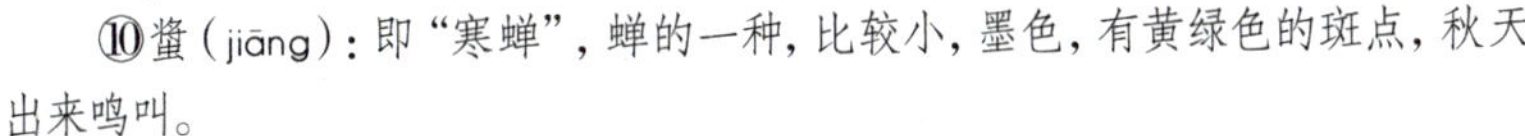

⑩螿（jiāng）：即“寒蝉”，蝉的一种，比较小，墨色，有黄绿色的斑点，秋天出来鸣叫。

水龙吟　题文姬[1]图（须知名士倾城）

须知名士倾城，一般易到伤心处。柯亭[2]响绝，四弦[3]才断，恶风吹去。万里他乡，非生非死，此身良苦。对黄沙白草[4]，呜呜卷叶，平生恨、从头谱。

应是瑶台伴侣。只多了、毡裘[5]夫妇。严寒觱篥[6]，几行乡泪，应声如雨。尺幅[7]重披[8]，玉颜千载，依然无主。怪人间厚福[9]，天公尽付，痴儿呆女[10]。

【注释】

①文姬：汉蔡文姬，名蔡琰，字文姬，生卒年不详。陈留圉（今河南杞县南）人。为汉大文学家蔡邕之女。博学能文，有才名，通音律。有《悲愤诗》二首传世。

②柯亭：古地名。又名高迁亭。在今浙江绍兴西南，以产良竹著名。晋伏滔《长笛赋》：“邕避难江南，宿于柯亭。柯亭之观，以竹为椽。邕仰而盱之曰：‘良竹也。’取以为笛，奇声独绝。历代传之，以至于今。”

③四弦：指琵琶。因有四弦，故称。

④黄沙白草：形容边塞的荒凉景象。

⑤毡裘：古代北方少数民族用毛制成的衣服。

⑥觱篥（bì lì）：古代的一种管乐器，形似喇叭，以芦苇为嘴，以竹做管，吹出的声音悲凄，羌人所吹。唐刘商《胡笳十八拍》第七拍：“龟兹愁中听，碎叶琵琶夜深怨。”

⑦尺幅：指小幅的纸或绢，泛称文章、画卷。

⑧披：披露，陈述。

⑨厚福：多福，大福。

⑩痴儿呆女：指迷恋于情爱的男女。

【点评】

观其“非生非死”“毡裘夫妇”句可知。前者出梅村《悲歌赠吴季子》，后者则谓汉槎妻葛氏随戍宁古塔、首韵“须知名士倾城，一般易到伤心处”，名士谓吴，倾城指蔡，言汉槎，文姬运命相匹也。有注释者以此词写“有才之士备受折磨”，而终不及吴事，犹隔靴止痒。又注“四弦才断”为“比喻死了配偶”，全然不着边际。

——赵秀亭

水龙吟　再送[1]荪友[2]南还（人生南北真如梦）

人生南北真如梦，但卧[3]金山[4]高处。白波[5]东逝，鸟啼花落，任他日暮。别酒盈觞，一声将息，送君归去。便烟波万顷，半帆残月，几回首，相思苦。

可忆柴门深闭，玉绳[6]低、剪灯夜雨。浮生如此，别多会少，不如莫遇。愁对西轩[7]，荔墙叶暗，黄昏风雨。更那堪几处，金戈铁马[8]，把凄凉助。

【注释】

①再送：严绳孙南归时，性德先作《送荪友》诗相送，之后再作此词，是为“再送”。

②荪友：即严绳孙。

③卧：高卧，形容悠然归隐的生活。

④金山：山名，在江苏镇江西北。古有氐父、获苻、伏牛、浮玉等名，唐时裴头陀获金于江边，因改名。这里代指严绳孙的家乡。

⑤白波：白色波浪、水流，此处喻指时光。

⑥玉绳：星名，常泛指群星，北斗七星之斗勺，在北斗第五星玉衡之北，即天乙、太乙二星。

⑦轩：有窗的长廊。

⑧金戈铁马：金属制的戈，配有铁甲的战马。指战争。

【点评】

是再送之意，说得旷达。

——陈淏

此词多酸楚，与严绳孙所作《进士纳兰君哀词》“岁四月，余将以归。入辞容若，时坐无余人，相与叙生平聚散，究人事之始终。语有所及，怆然伤怀”，及作者《送荪友》《暮春别严四荪友》二诗内容一致，当作于康熙二十四年严绳孙第二次南归时。

——张草纫

齐天乐　塞外七夕（白狼河北秋偏早）

白狼河北秋偏早，星桥[1]又迎河鼓[2]。清漏频移，微云欲湿，正是金风玉露[3]。两眉愁聚。待归踏榆花，那时才诉。只恐重逢，明明相视更无语。

人间别离无数。向瓜果筵[④]前，碧天凝伫。连理千花，相思一叶，毕竟随风何处。羁栖[⑤]良苦。算未抵空房，冷香[⑥]啼曙[⑦]。今夜天孙[⑧]，笑人愁似许。

【注释】

①星桥：神话中的鹊桥。北周庾信《舟中望月》诗："天汉看珠蚌，星桥似桂花。"

②河鼓：星名，属牛宿，在牵牛之北，一说即牵牛。《史记·天官书》："牵牛为牺牲。其北河鼓，河鼓大星，上将；左右，左右将。"司马贞索隐引孙炎曰："河鼓之旗十二星，在牵牛北。或名河鼓为牵牛也。"《尔雅·释天》："何鼓谓之牵牛。"

③金风玉露：秋风和白露，亦借指秋天。秦观《鹊桥仙》："金风玉露一相逢，便胜却人间无数。"

④瓜果筵：七夕夜食瓜果的习俗。

⑤羁栖：滞留他乡。

⑥冷香：指花、果的清香或清香之花，代指女子。清侯方域《梅宣城诗序》："'昔年别君秦淮楼，冷香摇落桂华秋。'冷香者，余栖金陵所狭斜游者也。"

⑦啼曙：整夜啼哭，直至天亮。

⑧天孙：星名，即织女星，指传说中巧于织造的仙女。

瑞鹤仙（马齿加长矣）

丙辰[①]生日自寿，起用弹指词[②]句，并呈见阳[③]

马齿[④]加长矣，枉碌碌乾坤，问女[⑤]何事。浮名总如水。拚[⑥]尊前杯酒，一生长醉。残阳影里，问归鸿、归来也未？且随缘[⑦]、去住无心，冷眼[⑧]华亭鹤唳。

无寐。宿酲[⑨]犹在。小玉[⑩]来言，日高花睡。明月阑干，曾说与、应须记。是蛾眉便自、供人嫉妒，风雨飘残花蕊。叹光阴、老我无能，长歌[⑪]而已。

【注释】

①丙辰：康熙十五年，此年纳兰性德二十二岁。

②弹指词：指顾贞观《弹指词》(金缕曲·丙午生日自寿)。

③见阳：即张见阳。

④马齿：马的牙齿。后因以谦称自己虚度年华，没有成就。《梁传·僖公二年》："荀息牵马操璧而前曰：'璧则犹是也，而马齿加长矣！'"

⑤女：通“汝”，此处为作者自指。

⑥拚：甘愿。

⑦随缘：佛教语，谓佛应众生之缘而施教化，缘，指身心对外界的感触，后指顺应机缘，任其自然。

⑧冷眼：冷静理智的眼光，冷淡的态度。华亭鹤唳：南朝宋刘义庆《世说新语·尤悔》：“陆平原河桥败，为卢志所谗，被诛，临刑叹曰：‘欲闻华亭鹤唳，可复得乎？’”华亭在今上海松江西，陆机于吴亡入洛以前常与弟云游于华亭墅中。后以“华亭鹤唳”为感慨生平悔入仕途之典。

⑨宿酲：犹宿醉，三国魏徐干《情诗》：“忧思连相属，中心如宿酲。”

⑩小玉：神话中仙人侍女名，泛称侍女。

⑪长歌：放声高歌。

雨霖铃　种柳（横塘如练）

横塘如练。日迟[①]帘幕，烟丝斜卷。却从何处移得，章台仿佛，乍舒娇眼。恰带一痕残照，锁黄昏庭院。断肠处、又惹相思，碧雾[②]蒙蒙[③]度双燕。

回阑恰就轻阴[④]转。背风花[⑤]、不解春深浅。托根[⑥]幸自天上，曾试把、《霓裳》舞遍。百尺[⑦]垂垂[⑧]，早是酒醒，莺语如剪。只休隔、梦里红楼，望个人儿见。

【注释】

①日迟：感到昼长而无聊。语出《诗经·豳风·七月》：“春日迟迟。”

②碧雾：青色的云雾。

③蒙蒙：迷茫貌。

④轻阴：淡云或疏淡的树荫。

⑤风花：风中之花。唐卢照邻《折杨柳》：“露叶疑啼脸，风花乱舞衣。”

⑥托根：犹寄身。

⑦百尺：十丈，喻高、长或深。

⑧垂垂：渐渐。

疏影　芭蕉（湘帘卷处）

湘帘卷处，甚离披[①]翠影，绕檐遮住。小立吹裙，常伴春慵[②]，掩映绣床金缕[③]。芳心[④]一束浑难展，清泪裹、隔年愁聚。更夜深、细听空阶雨滴，梦回无据。

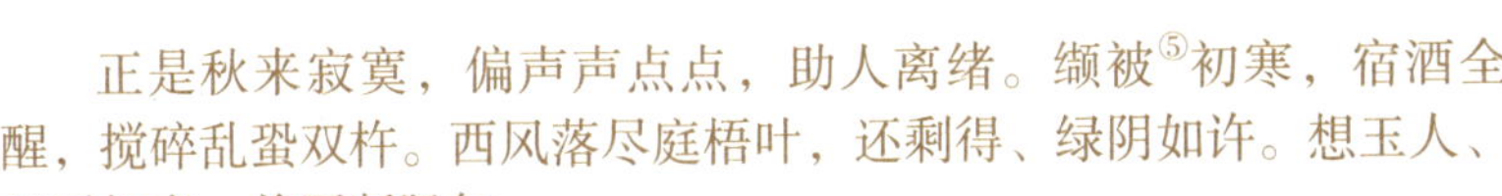

正是秋来寂寞，偏声声点点，助人离绪。缬被⑤初寒，宿酒全醒，搅碎乱蛩双杵。西风落尽庭梧叶，还剩得、绿阴如许。想玉人、和露折来，曾写断肠句。

【注释】

①离披：分散下垂貌，纷纷下落貌。《楚辞·九辩》：“白露既下百草兮，奄离披此梧楸。”

②春慵：五代刘兼《昼寝》诗：“花落青苔锦数重，书淫不觉避春慵。”

③金缕：指金丝制成的穗状物。

④芳心：指女子的心境。

⑤缬被：染有彩色花纹的丝被。

潇湘雨　送西溟①归慈溪②（长安一夜雨）

（按此调谱律不载，疑亦自度曲）

长安一夜雨，便添了、几分秋色。奈此际萧条，无端又听、渭城③风笛④。咫尺层城⑤留不住，久相忘⑥、到此偏相忆。依依白露丹枫，渐行渐远，天涯南北。

凄寂。黔娄⑦当日事，总名士、如何消得？只皂帽⑧蹇驴⑨，西风残照，倦游踪迹。廿载江南犹落拓⑩，叹一人、知己终难觅。君须爱酒能诗，鉴湖⑪无恙，一蓑一笠。

【注释】

①西溟：即姜宸英，号湛园，又号苇间，浙江慈溪人。康熙三十六年探花，授编修，年已七十。初以布衣荐修明史，与朱彝尊、严绳孙合称“三布衣”。

②慈溪：隶属浙江，因治南有溪，东汉董黯“母慈子孝”传说而得名。

③渭城：地名，本秦都咸阳，汉高祖元年改名新城，后废。武帝元鼎三年复置，改名渭城，治所在今陕西咸阳东北二十里。唐王维《送元二使安西》：“渭城朝雨浥轻尘，客舍青青柳色新。劝君更进一杯酒，西出阳关无故人。”此诗又称《渭城曲》，后人以之代作送客、离别。

④风笛：管乐器，笛子的一种。

⑤层城：古代神话中昆仑山上的高城，后指重城、高城。

⑥相忘：即相忘鳞。《庄子·大宗师》：“泉涸，鱼相与处于陆，相以湿，相濡以沫，不如相忘于江湖。”后以“相忘鳞”喻优游自得者。

⑦黔娄：人名。隐士，不肯出仕，家贫，死时衾不蔽体。汉刘向《列女传·鲁黔娄妻》载黔娄为春秋时鲁人。《汉书·艺文志》、晋皇甫谧《高士传·黔娄先

生》则说是齐人。

⑧皂帽：黑色帽子。

⑨蹇驴：跛脚驽弱的驴子。

⑩落拓：贫困失意。

⑪鉴湖：湖名，即镜湖，又称长湖、庆湖。在浙江绍兴城西南二公里，为绍兴名胜之一。西溟之故里慈溪在绍兴东北，故云。

风流子　秋郊射猎（平原草枯矣）

平原草枯矣，重阳后，黄叶树骚骚[①]。记玉勒[②]青丝[③]，落花时节，曾逢拾翠，忽听吹箫。今来是、烧痕残碧尽，霜影乱红凋。秋水映空，寒烟如织，皂雕[④]飞处，天惨云高。

人生须行乐，君知否，容易两鬓萧萧[⑤]。自与东君作别，刬地[⑥]无聊。算功名何许，此身博得，短衣[⑦]射虎[⑧]，沽[⑨]酒西郊。便向夕阳影里，倚马挥毫[⑩]。

【注释】

①骚骚：形容大风的声音。

②玉勒：玉饰的马衔。

③青丝：青色的丝绳，指马缰绳。

④皂雕：一种黑色大型猛禽。

⑤萧萧：花白稀疏的样子。

⑥刬地：照样，依旧。

⑦短衣：带短下摆或短后摆的紧身上衣，指打猎的装束。

⑧射虎：指汉李广和三国吴孙权射虎的故事，诗文中常用以形容英雄豪气。

⑨沽：买。

⑩挥毫：写毛笔字或作画。

卷　五

金缕曲　赠梁汾[①]（德也狂生耳）

德[②]也狂生耳。偶然间、淄尘京国[③]，乌衣门第[④]。有酒惟浇赵州土[⑤]，谁会成生[⑥]此意。不信道、遂成知己。青眼[⑦]高歌俱未老，向樽前、拭尽英雄泪。君不见，月如水。

共君此夜须沉醉。且由他、蛾眉谣诼[⑧]，古今同忌。身世悠悠何足问，冷笑置之而已。寻思起、从头翻悔[⑨]。一日心期千劫[⑩]在，后身缘、恐结他生里。然诺[⑪]重，君须记。

【注释】

①梁汾：即顾贞观。

②德：作者自指。

③京国：京城，国都。

④乌衣门第：指世家望族。

⑤赵州土：平原君好养士，死后虽未葬赵州，但他是赵国公子，又是赵相，故称他的墓为“赵州土”。

⑥成生：纳兰性德自指，纳兰原名成德，故云。

⑦青眼：黑色的眼珠在眼眶中间，青眼看人则是表示对人的喜爱或重视、尊重。相传晋阮籍为人能作青白眼，见愚俗之人为白眼，见高人雅士、与己意气相投者则为青眼。

⑧谣诼：造谣诽谤。

⑨翻悔：对先前允诺的事情后悔而拒绝承认。

⑩千劫：佛教语，指旷远的时间与无数的生灭成败，现多指无数灾难。

⑪然诺：允诺，答应。

金缕曲（酒涴青衫卷）

再赠梁汾，用秋水轩[①]旧韵

酒涴[②]青衫卷，尽从前、风流京兆[③]，闲情未遣。江左[④]知名今廿载，枯树[⑤]泪痕休泫[⑥]。摇落尽、玉蛾[⑦]金茧[⑧]。多少殷勤红叶句，御沟[⑨]深、不似天河浅。空省识，画图展。

高才自古难通显。枉教他、堵墙[10]落笔，凌云[11]书扁。入洛[12]游梁[13]重到处，骇看村庄吠犬。独憔悴、斯人不免。衮衮门前题凤[14]客，竟居然、润色朝家典[15]。凭触忌，舌难剪。

【注释】

①秋水轩：明末清初孙承泽之别墅，位于都城西南隅。

②涴（wò）：污染。

③京兆：指京师所在地区，这里指北京。

④江左：古时在地理上以东为左，江左也叫"江东"，指长江下游南岸地区，也指东晋、宋、齐、梁、陈各朝统治的全部地区。梁汾为江苏无锡人，故云。

⑤枯树：凋枯之树，这里指南朝梁庾之《枯树赋》。

⑥泫（xuàn）：流泪。

⑦玉蛾：白色飞蛾，喻雪花。元薛昂夫《端正好·高隐》套曲："须臾云汉飘白蕊，咫尺空中舞玉蛾。"

⑧金茧：金黄色的蚕茧，比喻灯火，清陈维崧《瑞鹤仙·上元和康伯可韵》词："看火蛾金茧，春城飞遍。"

⑨御沟：流经宫苑的河道。

⑩堵墙：唐杜甫《莫相疑行》："忆献三赋蓬莱宫，自怪一日声赫。集贤学士如堵墙，观我落笔中书堂。"此谓围观者密集众多，排列如墙，后多用以为典实。

⑪凌云：杜甫《戏为六绝句》之一："庾信文章老更成，凌云健笔意纵横。"本为赞扬庾信笔势超俗，才思纵横出奇，后遂以"凌云笔"泛指为文作诗的高超才华。

⑫入洛：用陆机、陆云兄弟入洛的典故。陆氏二人于晋太康末自吴入洛，后得以发迹，但最终被谗遇害，见《晋书·陆机传》。

⑬游梁：典出《史记·司马相如列传》："（司马相如）以赀为郎，事孝景帝为武骑常侍，非其好也。会景帝不好辞赋，是时梁孝王来朝，从游说之士齐人邹阳、淮阴枚乘、吴庄忌夫子之徒，相如见而说之，因病免，客游梁。"后以"游梁"谓仕途不得志。

⑭题凤：南朝宋刘义庆《世说新语·简傲》："嵇康与吕安善，每一相思，千里命驾。安后来值康不在。喜（康兄）出户延之，不入。题门上作'凤'字而去。喜不觉，犹以为欣，故作'凤'字，凡鸟也。"后因以"题凤"为访友的典故。

⑮朝家典：朝廷的典策。

【点评】

愤世之情，竟毫无顾忌，慷慨直陈，而为友之真诚，尤可景仰。

——唐圭璋

金缕曲（生怕芳樽满）

生怕芳樽[1]满。到更深、迷离醉影，残灯相伴。依旧回廊新月在，不定竹声撩乱。问愁与、春宵长短。人比疏花还寂寞，任红蕤、落尽应难管。向梦里，闻低唤。

此情拟倩东风浣。奈吹来、余香病酒，旋添一半。惜别江郎浑易瘦，更著轻寒轻暖。忆絮语、纵横茗碗。滴滴西窗红蜡泪，那时肠、早为而今断。任枕角[2]，攲孤馆[3]。

【注释】

①芳樽：精致的酒器，亦借指美酒。

②枕角：角制的或用角装饰的枕头。

③孤馆：孤寂的客舍，唐许浑《瓜州留别李诩》诗："孤馆宿时风带雨，远帆归处水连云。"

金缕曲（洒尽无端泪）

简[1]梁汾，时方为吴汉槎作归计

洒尽无端泪。莫因他、琼楼寂寞，误来人世。信道痴儿多厚福，谁遣偏生明慧[2]。莫更著、浮名相累。仕宦何妨如断梗[3]，只那将、声影供群吠[4]。天欲问，且休矣。

情深我自判憔悴。转丁宁、香怜易爇，玉怜轻碎。羡杀软红尘[5]里客，一味醉生梦死。歌与哭、任猜何意。绝塞生还吴季子[6]，算眼前、此外皆闲事。知我者，梁汾耳。

【注释】

①简：简札，书信。

②明慧：聪明，聪慧。汉刘向《说苑·谈丛》："辩智明慧，不如遇世。"

③断梗：折断的桃梗，比喻漂泊不定。

④声影供群吠：语本汉王符《潜夫论·贤难》："谚曰：一犬吠形，百犬吠声。"后以"吠形吠声"比喻不察真伪，随声附和。形，或作"影"，故以"声影"谓没有根据的谣传。

⑤软红尘：飞扬的尘土，形容繁华热闹，亦指繁华热闹的地方。宋卢祖皋《鱼游春水》词："软红尘里鸣鞭镫，拾翠丛中勾伴侣。"

⑥吴季子：指顾贞观好友吴兆骞。

金缕曲　寄梁汾（木落吴江矣）

木落吴江①矣。正萧条、西风南雁②，碧云千里。落魄江湖还载酒③，一种悲凉滋味。重回首、莫弹酸泪。不是天公④教弃置，是南华⑤、误却方城尉⑥。飘泊处，谁相慰？

别来我亦伤孤寄⑦。更那堪、冰霜摧折，壮怀⑧都废。天远难穷劳望眼，欲上高楼还已。君莫恨、埋愁无地。秋雨秋花关塞冷，且殷勤、好作加餐⑨计。人岂得，长无谓⑩。

【注释】

①吴江：吴淞江的别称，县名，属江苏省。梁汾要归于江南居苏州等地，故云木落吴江。

②南雁：南飞的大雁。

③落魄江湖还载酒：化用唐杜牧《遣怀》："落魄江湖载酒行，楚腰纤细掌中轻。"落魄，穷困失意，为生活所迫而到处流浪。

④天公：天，以天拟人，故称，此处指朝廷。

⑤南华：《南华经》之省称，即《庄子》。

⑥方城尉：指温庭筠，温庭筠曾为方城（今河南方城）尉，世称温方城。

⑦孤寄：独身寄居他乡。

⑧壮怀：豪壮的胸怀，唐韩愈《送石处士赴河阳幕》诗："风云入壮怀，泉石别幽耳。"

⑨加餐：慰劝之辞，谓多进饮食，保重身体。

⑩无谓：即无所作为。谓，通"为"，作为。化用唐李商隐《无题》："人生岂得长无谓，怀古思乡共白头。"

金缕曲　亡妇忌日①有感（此恨何时已）

此恨何时已。滴空阶、寒更②雨歇，葬花天气③。三载悠悠魂梦④杳，是梦久应醒矣。料也觉、人间无味。不及夜台⑤尘土隔，冷清清、一片埋愁地。钗钿约⑥，竟抛弃。

重泉⑦若有双鱼⑧寄。好知他、年来苦乐，与谁相倚。我自中宵⑨成转侧，忍听湘弦⑩重理。待结个、他生知己。还怕两人俱薄命，再缘慳⑪、剩月零风里。清泪尽，纸灰起。

【注释】

①这首词作于康熙十九年农历五月三十日，为卢氏故去三周年忌日。

②寒更：寒夜的更点，借指寒夜。

③葬花天气：农历五月下旬，正是落花时节。

④魂梦：梦，梦魂。

⑤夜台：坟墓，亦借指阴间。南朝梁沈约《伤美人赋》："曾未申其巧笑，忽沦躯于夜台。"

⑥钗钿约：即"金钗""钿合"，指夫妻的盟誓。白居易《长恨歌》："惟将旧物表深情，钿合金钗寄将去。钗留一股合一扇，钗擘黄金合分钿。但令心似金钿坚，天上人间会相见。"

⑦重泉：犹黄泉、九泉，旧指死者所归。

⑧双鱼：书信。

⑨中宵：中夜，半夜。

⑩湘弦：即湘灵鼓瑟之弦。

⑪缘悭：缺少缘分。《儒林外史》第三十回："只为缘悭分浅，遇不着一个知己。"

【点评】

嘉庆年间词人杨芳灿在《纳兰词序》中说，其词"韵淡疑仙，思幽近鬼"，这阕词可谓是后一句范本。所谓"思幽"，实系词人将追求与失落相交融而又毫不涂饰地痛楚抽理。

——严迪昌

金缕曲再　用秋水轩旧韵（疏影临书卷）

疏影临书卷。带霜华、高高下下，粉脂都遣。别是幽情嫌妩媚，红烛啼痕[①]休泫[②]。趁皓月、光浮冰茧[③]。恰与花神[④]供写照[⑤]，任泼来、淡墨无深浅。持素障，夜中展。

残釭[⑥]掩过看逾显。相对处、芙蓉玉绽，鹤翎[⑦]银扁。但得白衣[⑧]时慰藉，一任浮云苍犬[⑨]。尘土[⑩]隔、软红偷免。帘幕西风人不寐，恁[⑪]清光[⑫]、肯惜鹴裘[⑬]典[⑭]。休便把，落英剪。

【注释】

①啼痕：泪痕。

②泫：下滴貌。

③冰茧：冰蚕所结的茧，为普通蚕茧的美称。这里指蚕茧纸，用蚕茧壳制成的纸，取其洁白缜密。

④花神：指花的精神、神韵。

⑤写照：描写刻画，犹映照。

⑥残釭（gāng）：油尽将熄的灯。

⑦鹤翎：鹤的羽毛，喻指白色的花瓣。

⑧白衣：白色衣服，指白色花朵。

⑨浮云苍犬：白云苍犬，白衣苍狗，喻事物变幻无常。宋杨万里《送乡人余文明劝之以归》诗："苍狗白衣俱昨梦，长庚孤月自青天。"

⑩尘土：尘世或庸俗肮脏之世事。

⑪恁：如此，这样。

⑫清光：清亮的光辉，多指月光。

⑬鹴（shuāng）裘：用珍贵的雁毛编织而成的皮衣。

⑭典：即典当。

河渎神（凉月转雕阑）

凉月[①]转雕阑[②]，萧萧木叶声乾[③]。银灯飘落琐窗闲，枕屏[④]几叠秋山。

朔风[⑤]吹透青缣[⑥]被，药炉火暖初沸。清漏[⑦]沉沉无寐，为伊判得憔悴。

【注释】

①凉月：秋月。

②雕阑：即雕栏，华美的栏杆。

③乾（gān）：形容声音清脆响亮。唐岑参《虢州西亭陪端公宴集》："开瓶酒色嫩，踏地叶声乾。"

④枕屏：枕前的屏风。

⑤朔风：北风。

⑥青缣（jiān）：青色织绢。

⑦清漏：清晰的滴漏声。王昌龄《长信秋词》："熏笼玉枕无颜色，卧听南宫清漏长。"

【点评】

化用前人诗词成句颇为得法，似乎招之即来，挥之即去，能任意取以表达自己的思想感情，而不露明显的斧凿痕。

——盛冬铃

浣溪沙（身向云山那畔行）

身向云山[①]那畔[②]行。北风吹断[③]马嘶声。深秋远塞[④]若为[⑤]情。
一抹晚烟荒[⑥]戍垒[⑦]，半竿斜日旧关城。古今幽恨[⑧]几时平。

【注释】

①云山：高耸入云之山。

②那畔：那边。

③北风吹断马嘶声：谓北风的吼声使马嘶声也听不到了。

④远塞：边塞。

⑤若为：怎为之意。

⑥荒：荒凉萧瑟。

⑦戍垒：营垒。戍，保卫。

⑧幽恨：深藏于心中的怨恨。

【点评】

这首词抒发了奉使出塞的凄惘之情。全篇除结句外皆出之以景语，描绘了深秋远寒，荒烟落照的凄凉之景，而景中又无处不含悠悠苍凉的今昔之感，可谓景情交练。最后“古今幽恨几时平”则点明主旨。

——张秉戍

浣溪沙（万里阴山万里沙）

万里阴山[①]万里沙。谁将绿鬓[②]斗[③]霜华[④]。年来强半[⑤]在天涯。
魂梦不离金屈戌，画图亲展玉鸦叉[⑥]。生怜[⑦]瘦减一分花。

【注释】

①阴山：山脉名。即今横亘于内蒙古自治区南境、东北接连内兴安岭的阴山山脉。山间缺口自古为南北交通要道。

②绿鬓：乌黑发亮的头发。

③斗：斗取，即对着。

④霜华：喻指白色须发。

⑤强半：大半，过半。

⑥玉鸦叉：即玉丫叉，一种首饰，像树杈那样交叉的首饰。这里指闺人的容貌。

⑦生怜：产生怜爱之情，可怜。

浣溪沙　庚申除夜[1]（收取闲心冷处浓）

收取闲心[2]冷处浓，舞裙犹忆柘枝[3]红。谁家刻烛[4]待春风。
竹叶[5]樽空翻彩燕[6]，九枝灯[7]灺颤金虫[8]。风流端合[9]倚天公[10]。

【注释】

①庚申除夜：即康熙十九年除夕。

②收取闲心：谓约束心思。

③柘枝：即柘枝舞。柘枝舞是西北少数民族的民间舞，伴奏音乐以鼓为主，间有歌唱，舞姿美妙、表情动人。此舞唐时由西域传入内地。

④刻烛：在蜡烛上刻度数，点燃时以计时间。

⑤竹叶：酒名，即竹叶青，亦泛指美酒。

⑥彩燕：旧俗，立春日剪彩绸为燕饰于头部。

⑦九枝灯：古灯名，一干九枝的烛灯。

⑧金虫：比喻灯花。

⑨端合：应当，应该。

⑩倚天公：依靠老天爷。

浣溪沙（凤髻抛残秋草生）

凤髻[1]抛残秋草生，高梧湿月[2]冷无声，当时七夕记深盟。
信得羽衣[3]传钿合，悔教罗袜葬倾城[4]。人间空唱雨淋铃。

【注释】

①凤髻：古代女子的一种发型，将头发绾结梳成凤形，或在髻上饰以金凤，流行于唐代。此处指亡妻。

②湿月：湿润之月。形容月光如水般湿润。

③羽衣：原指以羽毛织成的衣服，后常称道士或神仙所着衣为羽衣，此处借指道士或神仙。

④倾城：旧以形容女子极其美丽，是美女的代称，此处指亡妻。

浣溪沙（肠断斑骓去未还）

肠断班骓[1]去未还，绣屏深锁凤箫[2]寒。一春幽梦有无间。
逗雨疏花浓淡[3]改，关心芳草浅深难。不成[4]风月[5]转摧残。

【注释】

①班骓（zhuī）：斑骓。此处以骏马代指征人。班，通“斑”。

②凤箫：即排箫。比竹为之，参差如凤翼，故名。

③浓淡：指花的颜色。

④不成：犹难道。

⑤风月：风和月，泛指景色，亦指男女恋爱的事情。

浣溪沙（旋拂轻容写洛神）

旋拂轻容[①]写洛神[②]，须知浅笑是深颦。十分天与可怜春。

掩抑薄寒施软障[③]，抱持纤影[④]藉芳茵[⑤]。未能无意下香尘[⑥]。

【注释】

①轻容：一种无花薄纱。宋周密《齐东野语》卷十："纱之至轻者，有所谓轻容，出唐《类苑》云：'轻容，无花薄纱也。'"王建《宫词》："嫌罗不着爱轻容。"

②洛神：中国神话人物，即洛水的女神洛嫔，相传她是宓羲的女儿，故称宓妃。溺死于洛水，成为洛水之神。

③软障：即幛子，古代用作画轴。

④纤影：清瘦的身影。

⑤芳茵：茂美的草地。

⑥香尘：这里指人间。语出晋王嘉《拾遗记·晋时事》："石崇又屑沉水之香如尘末，布象床上，使所爱者践之。"

浣溪沙（十二红帘窣地深）

十二红帘[①]窣[②]地深，才移刬袜[③]又沉吟[④]。晚晴天气惜轻阴。

珠衱[⑤]佩囊[⑥]三合字[⑦]，宝钗[⑧]拢髻两分心。定缘何事湿兰襟[⑨]。

【注释】

①十二红帘：即绣有十二红的帘幕。十二红，鸟的一种，尾羽末端红色，故名。

②窣（sū）：下垂貌。

③刬袜：只穿着袜子着地。

④沉吟：犹豫，迟疑。

⑤珠衱（jié）：缀珠的裙带。

⑥佩囊：随身系带的用以放零星物品的小口袋。

⑦三合字：古代阴阳家以十二地支配金、木、水、火，取生、旺、墓三者以合局，谓之"三合"，据以选择吉日良辰。

⑧宝钗：首饰名，用金银珠宝制作的双股簪子。

⑨兰襟：带有兰花芬芳香气的衣襟。

浣溪沙（容易浓香近画屏）

容易浓香近画屏，繁枝影著半窗横。风波狭路倍怜卿。
未接语言犹怅望，才通商略[①]已懵腾[②]。只嫌今夜月偏明。

【注释】

①商略：原为商讨之意，此处指交谈。

②懵腾：形容模糊，神志不清。

浣溪沙（十八年来堕世间）

十八年来堕世间，吹花嚼蕊[①]弄[②]冰弦[③]。多情情寄阿谁[④]边。
紫玉钗斜灯影背，红绵粉冷枕函偏。相看好处却无言。

【注释】

①吹花嚼蕊：谓吹奏、歌唱，引申指反复推敲声律、辞藻。

②弄：指吹弹乐器。

③冰弦：冰弦玉柱，筝瑟之类乐器的美称。

④阿谁：谁，这里指自己。

【点评】

《饮水词》有云“吹花嚼蕊弄冰弦”，又云“乌丝阑纸娇红篆”。容若短调，轻清婉丽，诚如其自道所云。

——况周颐

浣溪沙（欲寄愁心朔雁边）

欲寄愁心朔雁[①]边，西风浊酒[②]惨离颜。黄花时节碧云天。
古戍烽烟迷斥堠[③]，夕阳村落解鞍鞯[④]。不知征战几人还。

【注释】

①朔雁：指北地南飞之雁。

②浊酒：用糯米、黄米等酿制的酒，较浑浊。

③斥堠：斥堠亦称斥候，是中国古代对侦察兵的称呼，多为轻骑兵。

④鞍鞯：马鞍子和垫在马鞍子下面的东西。

浣溪沙（败叶填溪水已冰）

败叶填溪水已冰，夕阳犹照短长亭[①]。何年废寺失题名。

倚马[②]客临碑上字，斗鸡[③]人拨佛前灯。净消尘土礼金经[④]。

【注释】

①短长亭：短亭和长亭的并称。

②倚马：靠在马身上。南朝宋刘义庆《世说新语·文学》："桓宣武北征，袁虎时从，被责免官。会须露布文，唤袁倚马前令作。手不辍笔，俄得七纸，绝可观。"后人多据此典以"倚马"形容才思敏捷。

③斗鸡：使公鸡相斗的一种游戏，多用来指纨绔子弟游手好闲，不务正业。

④金经：指佛道经籍。

【点评】

唯结句点明虔敬之意，同时也透露了不胜苍凉的悲感。

——张秉戍

沁园春（试望阴山）

试望阴山[①]，黯然销魂，无言徘徊。见青峰几簇，去天才尺；黄沙一片，匝地[②]无埃。碎叶城[③]荒，拂云堆[④]远，雕外寒烟惨不开。踟蹰久，忽砯[⑤]崖转石，万壑惊雷。

穷边自足秋怀。又何必、平生多恨哉？只凄凉绝塞，蛾眉遗冢[⑥]；销沉腐草，骏骨[⑦]空台。北转河流，南横斗柄[⑧]，略点微霜鬓早衰。君不信，向西风回首，百事堪哀。

【注释】

①阴山：内蒙古自治区中部山脉。东西走向，包括狼山、乌拉山、色尔腾山、大青山等。

②匝地：满地，遍地。

③碎叶城：高宗调露元年置，属条支都督府，在今吉尔吉斯斯坦首都比什凯克以东的托克马克市附近，它与龟兹、疏勒、于田并称为唐代"安西四镇"。

④拂云堆：古地名，在今内蒙古包头西北，唐时朔方军北与突厥以河为界，河北岸有拂云堆神祠，突厥如用兵必先往祠祭酹求福，张仁愿既定漠北，于河北筑中、东、西三受降城以固守，中受降城即在拂云堆，故拂云堆又为中受降城的别称。

⑤砯（pīng）：水击岩石的声音。

⑥蛾眉遗冢：指古代和亲女子之墓。此处用王昭君出塞的典故。《汉书·匈奴传下》："元帝以后宫良家子王嫱，字昭君赐单于。"王昭君墓在今内蒙古自治区呼和浩特南。传说当地多白草而此冢独青，人称"青冢"。

⑦骏骨：据《战国策·燕策一》载郭隗用买马作喻，说古代有用五百金买千里马的马头骨，因而在一年内就得到三匹千里马的，劝燕昭王厚币以招贤，后遂以"骏骨"喻杰出的人才。

⑧斗柄：构成北斗柄部的三颗星。

沁园春（瞬息浮生）

丁巳重阳前三日[①]，梦亡妇淡妆素服，执手哽咽，语多不复能记。但临别有云："衔恨愿为天上月，年年犹得向郎圆。"妇素未工诗，不知何以得此也，觉后感赋。

瞬息浮生，薄命如斯，低徊[②]怎忘。记绣榻闲时，并吹红雨；雕阑曲处，同倚斜阳。梦好难留，诗残莫读，赢得更深哭一场。遗容在，只灵飙[③]一转，未许端详。

重寻碧落[④]茫茫。料短发朝来定有霜。便人间天上，尘缘未断；春花秋叶，触绪还伤。欲结绸缪[⑤]，翻惊摇落[⑥]，减尽荀衣[⑦]昨日香。真无奈，倩声声邻笛，谱出回肠。

【注释】

①丁巳重阳前三日：指康熙十六年农历九月初六日，即重阳节前三日。此时纳兰性德亡妻已病逝三个多月。

②低徊：形容萦绕回荡。

③灵飙：灵风，神风，指梦中爱妻飘飞的身影。

④碧落：天空。语出白居易《长恨歌》："上穷碧落下黄泉，两处茫茫皆不见。"

⑤绸缪：紧密缠缚，缠绵，情意深厚，这里指夫妻恩爱。

⑥摇落：原指木叶凋落，此处是亡逝之意。

⑦荀衣：此处用以自喻，谓其形容憔悴，丰神不再。

【点评】

全篇所写记梦和追梦，皆是亲身所经历，具体而真实；其怀念之情，亦从事件的具体描述中加以呈现，自然而真切。所谓痛苦与忧愁，并非依靠形容词的堆砌，诸如无垠的惆怅，无穷的遗憾，等等，加以呼唤。

——张秉戌

沁园春（梦冷蘅芜）

梦冷蘅芜[①]，却望姗姗[②]，是耶非耶？怅兰膏[③]渍粉[④]，尚留犀合；金泥[⑤]蹙绣[⑥]，空掩蝉纱。影弱难持，缘深暂隔，只当离愁滞海涯。归来也，趁星前月底，魂在梨花。

鸾胶[⑦]纵续琵琶。问可及当年萼绿华[⑧]？但无端摧折，恶经风浪；不如零落，判委尘沙[⑨]。最忆相看，娇讹道字[⑩]，手剪银灯自泼茶。今已矣，便帐中重见，那似伊家。

【注释】

①蘅芜：香草名。晋王嘉《拾遗记·前汉上》："（汉武）帝息于延凉室，卧梦李夫人授帝蘅芜之香。帝惊起，而香气犹着衣枕，历月不歇。"闽徐夤《梦》诗："文通毫管醒来异，武帝蘅芜觉后香。"

②姗姗：走路从容，不紧不慢的样子。

③兰膏：一种润发的香油。

④渍粉：残存的香粉。

⑤金泥：用以饰物的金屑。

⑥蹙（cù）绣：即蹙金，一种刺绣方法，用金线绣花而皱缩其线纹使其紧密而匀贴，亦指这种刺绣工艺品。

⑦鸾胶：相传以凤凰嘴和麒麟角煎成的胶，可黏合弓弩拉断了的弦，俗称丧妻男子再婚。

⑧萼绿华：传说中的仙女名。自言是九嶷山中得道女子罗郁。晋穆帝时，夜降羊权家，赠权诗一篇，火手巾一方，金玉条脱各一枚。见南朝梁陶弘景《真诰·运象》。李商隐《重过圣女祠》："萼绿华来无定所，杜兰香去未移时。"

⑨尘沙：尘世。

⑩道字：一种将字拆开的文字游戏。

摸鱼儿　送别德清蔡夫子[①]（问人生）

问人生、头白京国[②]，算来何事消得。不如罨画[③]清溪上，蓑笠扁舟一只。人不识。且笑煮鲈鱼[④]，趁着莼丝碧。无端酸鼻。向岐路销魂，征轮[⑤]驿骑[⑥]，断雁西风急。

英雄辈，事业东西南北。临风因甚成泣？酬知有愿频挥手，零雨[⑦]凄其此日。休太息。须信道、诸公衮衮皆虚掷[⑧]。年来踪迹。有多少雄心，几番恶梦，泪点霜华织。

【注释】

①蔡夫子：蔡启，字昆，号石公，德清人，康熙庚戌一甲一名进士，授修撰，历官左春坊左庶子，有《存园草》。

②京国：京城，国都。

③罨（yǎn）画：明杨慎《丹铅总录·订讹·罨画》："画家有罨画杂彩色画也。"

④鲈鱼：用南朝张季鹰的典故。刘义庆《世说新语·识鉴》谓："张季鹰辟齐王东曹椽，在洛，见秋风起，因思吴中莼菜羹、鲈鱼脍，曰：'人生贵得适意尔，何能羁宦数千里以要名爵？'遂命驾便归。俄而齐王败，时人皆谓为见机。"后以此为思乡赋归之典。

⑤征轮：远行人乘的车。

⑥驿骑：骑驿马传递公文的人，或指驿马。

⑦零雨：慢而细的小雨。《诗·豳风·东山》："我来自东，零雨其蒙。"

⑧虚掷：白白地丢弃、扔掉。

青衫湿遍　悼亡（青衫湿遍）
（按此调谱律不载，疑亦自度曲）

青衫湿遍，凭伊慰我，忍便相忘。半月前头扶病[①]，剪刀声、犹在银釭[②]。忆生来、小胆怯空房。到而今、独伴梨花影，冷冥冥、尽意凄凉。愿指魂兮识路，教寻梦也回廊。

咫尺玉钩斜[③]路，一般消受，蔓草[④]残阳。判把长眠滴醒，和清泪[⑤]、搅入椒浆[⑥]。怕幽泉[⑦]、还为我神伤。道书生薄命宜将息，再休耽、怨粉愁香。料得重圆密誓，难禁寸裂[⑧]柔肠。

【注释】

①扶病：带病行动。

②银釭：银白色的灯盏、烛台。

③玉钩斜：古代著名游宴地。在江苏江都，相传为隋炀帝葬宫人处，后泛指葬宫人处。

④蔓草：爬蔓的草。

⑤清泪：眼泪，宋曾巩《秋夜》诗："清泪昏我眼，沉忧回我肠。"

⑥椒浆：以椒浸制的酒浆，古代多用以祭神。《楚辞·九歌·东皇太一》："蕙肴蒸兮兰藉，奠桂酒兮椒浆。"

⑦幽泉：指阴间地府，借指死者。

⑧寸裂：碎裂。

【点评】

令人不忍卒读。

——顾贞观

忆桃源慢（斜倚熏笼）

斜倚熏笼[①]，隔帘寒彻，彻夜寒于水。离魂[②]何处，一片月明千里。两地凄凉，多少恨，分付药炉烟细。近来情绪，非关病酒，如何拥鼻[③]长如醉。转寻思、不如睡也，看道夜深怎睡。

几年消息浮沉，把朱颜顿成憔悴。纸窗[④]风裂，寒到个人衾被。篆字香消灯灺[⑤]冷，忽听塞鸿嘹唳。加餐千万，寄声珍重，而今始会当时意。早催人、一更更漏，残雪月华满地。

【注释】

①熏笼：一种覆盖于火炉上供熏香、烘物和取暖用的器物。

②离魂：指远游他乡的旅人或游子的思绪。

③拥鼻：掩鼻吟的省称。《晋书·谢安传》："安本能为洛下书生咏，有鼻疾，故其声浊，名流爱其咏而弗能及，或手掩鼻以效之。"后以此指雅音曼声吟咏。

④纸窗：糊纸的窗户。

⑤灯灺：谓灯烛将熄，灯烛余烬。

湘灵鼓瑟（新睡觉）

（按此调谱律不载，疑亦自度曲。一本作剪梧桐）

新睡觉，听漏尽、乌啼欲晓。任百种思量，都来拥枕，薄衾颠倒。土木形骸[①]，分甘抛掷，只平白、占伊怀抱。听萧萧[②]、一剪梧桐[③]，此日秋声[④]重到。

若不是忧能伤人，怎青镜[⑤]、朱颜易老。忆少日清狂[⑥]，花间马上，软风斜照。端的而今，误因疏起[⑦]，却懊恼、殢人年少。料应他、此际闲眠，一样积愁难扫。

【注释】

①土木形骸：形体像土木一样自然，比喻人不加修饰的本来面目。南朝宋刘义庆《世说新语·容止》："刘伶身长六尺，貌甚丑悴，而悠悠忽忽，土木形骸。"

②萧萧：风声。

③一剪梧桐：谓梧桐叶被秋风吹落。

④秋声：秋日的风光景色。

⑤青镜：即青铜镜。唐李峤《梅》诗："妆面回青镜，歌尘起画梁。"

⑥清狂：放逸不羁。晋左思《魏都赋》："仆党清狂，怵迫闽濮。"

⑦疏起：疏懒而贪睡。

大酺　寄梁汾（只一炉烟）

只一炉烟，一窗月，断送朱颜如许。韶光犹在眼，怪无端吹上，几分尘土。手捻残枝，沉吟往事，浑似前生无据[①]。鳞鸿[②]凭谁寄，想天涯只影，凄风苦雨。便砑损[③]吴绫，啼沾蜀纸[④]，有谁同赋。

当时不是错，好花月、合受天公妒。准拟倩、春归燕子，说与从头，争教他、会人言语。万一离魂遇，偏梦被、冷香萦住。刚听得、城头鼓[⑤]。相思何益？待把来生祝取，慧业[⑥]相同一处。

【注释】

①无据：没有依据或证据。

②鳞鸿：鱼雁，指书信。

③砑（yà）损：指反复书写，致使吴绫也被碾压得光亮。砑，碾压。

④蜀纸：犹蜀笺。叶葱奇注引《国史补》："纸则有蜀之麻面、屑末、滑石、金花、长麻、鱼子十色笺。"

⑤城头鼓：战时城上传令的鼓声或报更的鼓声。

⑥慧业：佛语，谓来生赋有智慧的业缘，《维摩诘经上·菩萨品四》："知一切法，不取不舍，入一相门，起于慧业。"

菩萨蛮（问君何事轻离别）

问君何事轻离别，一年能几团圆月。杨柳乍如丝，故园春尽时。

春归归不得，两桨松花[①]隔。旧事逐寒潮，啼鹃[②]恨未消。

【注释】

①松花：指松花江，黑龙江最大支流。

②啼鹃：子规鸟，又名杜鹃，身体黑灰色，尾巴有白色斑点，腹部有黑色横纹。初夏时常昼夜不停地叫。此鸟"规"字与"归"谐音，故后人以此鸟鸣作为思归之声，表达思归之意。

菩萨蛮　宿滦河[①]（玉绳斜转疑清晓）

玉绳[②]斜转疑清晓，凄凄月白[③]渔阳[④]道。星影漾寒沙，微茫织浪花。

金笳鸣故垒[5]，唤起人难睡。无数紫鸳鸯，共嫌今夜凉。

【注释】

①滦河：即古濡水，俗名上都河，在今河北东北部。源于闪电河，自内蒙古多伦县南，折而东南流，入热河境，会小滦河，始名滦河，在乐亭、昌黎之间入渤海。

②玉绳：此处指北斗星。

③月白：皎洁的月光。

④渔阳：地名，战国燕置渔阳郡，秦汉治所在渔阳（今北京密云西南）。

⑤故垒：古代的堡垒。

菩萨蛮（荒鸡再咽天难晓）

荒鸡再咽天难晓，星榆[1]落尽秋将老。毡幕[2]绕牛羊，敲冰饮酪浆[3]。

山程兼水宿，漏点清钲[4]续。正是梦回时，拥衾无限思。

【注释】

①星榆：白榆树。

②毡幕：即毡帐。

③酪浆：牛羊等动物的乳汁。这里指酒。

④钲：古代行军或歌舞时用以指挥进退、动静的乐器。

菩萨蛮（白日惊飙冬已半）

白日惊飙[1]冬已半，解鞍[2]正值昏鸦[3]乱。冰合[4]大河流，茫茫一片愁。

烧痕空极望，鼓角[5]高城上。明日近长安[6]，客心愁未阑。

【注释】

①惊飙：突发的暴风，狂风。

②解鞍：解下马鞍，表示停驻。

③昏鸦：黄昏时乱飞的乌鸦。

④冰合：冰封。

⑤鼓角：古代军队中用来发出号令的战鼓和号角。

⑥长安：古都城名，即今西安城。唐以后诗文中常将其当作都城的通称。此处借指北京城。

菩萨蛮（榛荆满眼山城路）

榛荆[①]满眼山城[②]路，征鸿不为愁人住。何处是长安，湿云吹雨寒。

丝丝心欲碎，应是悲秋泪。泪向客中多，归时又奈何。

【注释】

①榛荆：犹荆棘，形容荒芜。

②山城：依山而筑的城市。

菩萨蛮（黄云紫塞三千里）

黄云[①]紫塞[②]三千里，女墙西畔啼乌起。落日万山寒，萧萧猎马还。

笳声[③]听不得，入夜空城黑。秋梦不归家，残灯落碎花[④]。

【注释】

①黄云：边塞之云，塞外沙漠地区黄沙飞扬，天空常呈黄色，故称。

②紫塞：指北方边塞。

③笳声：胡笳吹奏的曲调，亦指边地之声。

④碎花：喻指灯花。

菩萨蛮（萧萧几叶风兼雨）

萧萧几叶风兼雨，离人偏识长更苦。欹枕数秋天，蟾蜍[①]下早弦[②]。

夜寒惊被薄，泪与灯花落。无处不伤心，轻尘在玉琴[③]。

【注释】

①蟾蜍：指月亮。《后汉书·天文志上》“言其时星辰之变”，南朝梁刘昭注：“羿请无死之药于西王母，姮窃之以奔月……姮遂托身于月，是为蟾。”后用为月亮的代称。

②早弦：上弦月。

③玉琴：玉饰的琴，亦为琴的美称。

【点评】

通篇用白描的写法，但愁人苦夜长，相思不已，无处不伤心的苦况、氛围却刻画得尽致淋漓。

——张秉戍

菩萨蛮（为春憔悴留春住）

为春憔悴留春住，那禁半霎[①]催归雨。深巷卖樱桃，雨余红更娇。

黄昏清泪阁[②]，忍便花飘泊。消得一声莺，东风三月情[③]。

【注释】

①半霎：极短的时间。

②阁：含着。

③三月情：暮春之伤情。

【点评】

残唐五代以来，多数词家认定“词为艳科”，所作多涉闺情春怨，而此类作品又往往假托女子口吻，这可以说成了一种传统。容若这首《菩萨蛮》是伤春之词，细读词意，亦当是“男子而作闺语”。而其“消得一声莺，东风三月情”，“深巷卖樱桃，雨余红更娇”云云，写得绘声绘色，独树一帜，当然是楚楚动人。

——盛冬铃

菩萨蛮（晶帘一片伤心白）

晶帘[①]一片伤心白，云鬟香雾[②]成遥隔。无语问添衣，桐阴月已西。

西风鸣络纬[③]，不许愁人睡。只是去年秋，如何泪欲流。

【注释】

①晶帘：水晶帘子。形容其华美透亮。

②云鬟香雾：形容女子头发秀美。

③络纬：虫名。即莎鸡，俗称络丝娘、纺织娘。夏秋夜间振羽作声，声如纺线，故名。

菩萨蛮（乌丝画作回文纸）

乌丝画作回文纸，香煤[①]暗蚀[②]藏头字[③]。筝雁[④]十三双，输他[⑤]作一行。

相看仍似客，但道休相忆。索性不还家，落残红杏花。

【注释】

①香煤：古代妇女用以画眉的化妆品，或指香烟。

②暗蚀：暗中损伤，谓香烟渐渐散去。

③藏头字：将所言之事分别藏在诗句的头一字。

④筝雁：筝柱。因筝柱斜列如雁行，故称。

⑤输他：犹言让他。

菩萨蛮（春云吹散湘帘雨）

春云吹散湘帘雨，絮黏蝴蝶飞还住。人在玉楼[1]中，楼高四面风。
柳烟[2]丝一把，暝色[3]笼鸳瓦。休近小阑干，夕阳无限山。

【注释】

①玉楼：指华丽的楼阁。

②柳烟：柳树枝叶茂密似笼烟雾，故称。

③暝色：暮色，夜色。

点绛唇　寄南海梁药亭[1]（一帽征尘）

一帽征尘，留君不住从君去。片帆何处，南浦[2]沈香[3]雨。
回首风流，紫竹村边住。孤鸿语，三生定许，可是梁鸿[4]侣？

【注释】

①梁药亭：梁佩兰，字芝五，号药亭，别号柴翁，晚更号郁洲。广东南海人。顺治十四年乡试第一，后屡试不第，即潜心治学，从事诗歌写作，名噪一时。康熙四十二年被召回翰林院供职，因不识满文而罢。次年返乡，与屈大均、陈恭尹并称为“岭南三家”，有《六莹堂诗集》。

②南浦：南面的水边，后常用以称送别之地。《楚辞·九歌·河伯》：“子交手兮东行，送美人兮南浦。”

③沈香：即沈香浦，地名，在广州西郊的江滨。相传晋广州刺史吴隐之曾投沉香于其中，因而得名。

④梁鸿：指东汉梁鸿。东汉梁鸿家贫好学，不仕，与妻孟光隐居霸陵山中以耕织为业，后避祸去吴，居人庑下为人舂米，归家孟光为之备食，举案齐眉。世人传为佳话。后以“梁鸿”喻指丈夫，亦喻贤夫。

菩萨蛮　回文（客中愁损催寒夕）

客中愁损催寒夕，夕寒催损愁中客。门掩月黄昏，昏黄月掩门。
翠衾[1]孤拥醉，醉拥孤衾翠。醒莫更多情，情多更莫醒。

【注释】

①翠衾：即翠被。

菩萨蛮　回文（研笺银粉残煤画）

研笺[1]银粉[2]残煤[3]画，画煤残粉银笺研。清夜一灯明，明灯一夜清。

片花惊宿燕，燕宿惊花片。亲自梦归人，人归梦自亲。

【注释】

①研笺：压印有图案的信笺。

②银粉：银色的粉末。

③煤：古代对墨的别称。

菩萨蛮（飘蓬只逐惊飙转）

飘蓬[1]只逐惊飙转，行人过尽烟光远。立马认河流，茂陵[2]风雨秋。

寂寥行殿[3]锁，梵呗琉璃火。塞雁[4]与宫鸦[5]，山深日易斜。

【注释】

①飘蓬：随风飘荡的飞蓬，比喻漂泊或漂泊的人。

②茂陵：明宪宗朱见深的陵墓。在今北京昌平北天寿山。

③行殿：可以移动的宫殿，犹行宫，皇帝出行在外时所居住的宫室。

④塞雁：塞鸿。

⑤宫鸦：栖息在宫苑中的乌鸦。唐王建《和胡将军寓直》："宫鸦栖定禁枪攒，楼殿深严月色寒。"

采桑子（那能寂寞芳菲节）

那能寂寞芳菲节[1]，欲话生平。夜已三更。一阕[2]悲歌泪暗零。

须知秋叶春花促，点鬓星星[3]。遇酒须倾，莫问千秋万岁名。

【注释】

①芳菲节：花草香美的时节。

②一阕：一度乐终，亦谓一曲。宋欧阳修《晚泊岳阳》诗："一阕声长听不尽，轻舟短楫去如飞。"

③星星：形容白发星星点点地生出。

采桑子　九日（深秋绝塞谁相忆）

深秋绝塞[1]谁相忆，木叶萧萧。乡路[2]迢迢。六曲屏山[3]和梦遥。

佳时倍惜风光别，不为登高。只觉魂销。南雁归时更寂寥。

【注释】

①绝塞：极远的边塞。

②乡路：指还乡之路。

③六曲屏山：曲折的屏风。

采桑子（海天谁放冰轮满）

海天谁放冰轮[1]满，惆怅离情。莫说离情，但值良宵[2]总泪零。

只应碧落[3]重相见，那是今生。可奈[4]今生，刚作愁时又忆卿。

【注释】

①冰轮：月亮，圆月。

②良宵：景色美好的夜晚。

③碧落：道教语，指青天、天空。

④可奈：怎奈，可恨。

采桑子（白衣裳凭朱阑立）

白衣裳凭朱阑[1]立，凉月[2]趖西[3]。点鬓霜微，岁晏[4]知君归不归？

残更目断传书雁，尺素还稀。一味相思，准拟相看似旧时。

【注释】

①朱阑：即朱栏，朱红色的围栏。宋王安石《金山寺》诗：“摄身凌苍霞，同凭朱栏语。”

②凉月：秋月。

③趖（suō）西：向西落去。趖，走之意。

④岁晏：一年将尽的时候。唐白居易《观刈麦》诗：“吏禄三百石，岁晏有余粮。”

清平乐（麝烟深漾）

麝烟[1]深漾，人拥缑笙氅[2]。新恨暗随新月长，不辨眉尖心上。

六花③斜扑疏帘，地衣红锦轻沾。记取暖香④如梦，耐他一晌⑤寒岩。

【注释】

①麝烟：焚麝香发出的烟。五代成彦雄《夕诗》："台榭沉沉禁漏初，麝烟红蜡透虾须。"

②缑（gōu）笙氅（chǎng）：犹如仙衣道服式的大氅。用王子乔于缑山乘鹤成仙的典故。汉刘向《列仙传·王子乔》："王子乔者，周灵王太子晋也。好吹笙，作凤凰鸣。游伊洛之间，道士浮丘公接以上嵩高山。三十余年后，求之于山上，见桓良曰：'奉告我家，七月七日待我于缑氏山岭。'至时，果乘白鹤驻山头，望之不得到，举手谢时人，数日而去。"后因以为修道成仙之典。

③六花：即雪花。雪花结晶六瓣，故名。

④暖香：带有温暖气息的香味。

⑤一晌：指短时间，南唐李煜《浪淘沙》词："梦里不知身是客，一晌贪欢。"

眼儿媚（林下闺房世罕俦）

林下闺房世罕俦，偕隐①足风流。今来忍②见，鹤孤③华表④，人远罗浮⑤。

中年定不禁哀乐，其奈忆曾游。浣花微雨，采菱斜日，欲去还留。

【注释】

①偕隐：一同隐居，诗词中多指夫妻同归故里。

②忍：通"认"，认识。

③鹤孤：孤独之意。鹤性孤高，故云。

④华表：指房屋外部的华美装饰。

⑤罗浮：罗浮山，在今广东省东江北岸。晋葛洪曾在此修道，又传说隋赵师雄在此山遇女郎。与之语，则芳香袭人，语言清丽，遂相饮竟醉，及觉，乃在大梅树下。后多以此典咏梅。这里则是借指往日荣华之事。

眼儿媚　中元夜有感（手写香台金字经）

手写香台①金字经，惟愿结来生。莲花漏转，杨枝露滴，想鉴微诚。

欲知奉倩神伤极，凭诉②与秋檠③。西风不管，一池萍水，几点荷灯。

【注释】

①香台：烧香之台，佛殿的别称。

②凭诉：凭说，意为辨明之证据。

③秋檠：在秋日里拱手跪拜。

满宫花（盼天涯）

盼天涯，芳讯[1]绝。莫是故情[2]全歇？朦胧寒月影微黄，情更薄于寒月。

麝烟销，兰烬[3]灭。多少怨眉愁睫。芙蓉[4]莲子待分明，莫向暗中磨折。

【注释】

①芳讯：嘉言，对亲友音信的美称。

②故情：旧情。唐王昌龄《李四仓曹宅夜饮》诗："霜天留饮故情欢，银烛金炉夜不寒。"

③兰烬：蜡烛的余烬，因状似兰心，故称。

④芙蓉：即荷花。此句化用《乐府诗集·清商词一·子夜夏歌之八》"乘月采芙蓉，夜夜得莲子"之句。

鹧鸪天（谁道阴山行路难）

谁道阴山行路难？风毛雨血[1]万人欢。松梢露点沾鹰绁，芦叶溪深没马鞍。

依树歇，映林看。黄羊[2]高宴[3]簇金盘。萧萧一夕霜风[4]紧，却拥貂裘怨早寒。

【注释】

①风毛雨血：指狩猎时禽兽毛血纷飞的情状。

②黄羊：因东汉阴识用黄羊祭祀灶神致富，后世即用以为典，表示祭灶的供品。

③高宴：盛大的宴会。

④霜风：刺骨寒风。

鹧鸪天（小构园林寂不哗）

小构园林寂不哗，疏篱曲径仿山家[1]。昼长吟罢风流子[2]，忽听楸枰[3]响碧纱。

添竹石，伴烟霞。拟凭樽酒[4]慰年华。休嗟髀里今生肉[5]，努力春来自种花。

【注释】

①山家：山野人家。唐杜甫《从驿次草堂复至东屯茅屋》诗之二："山家蒸栗暖，野饭射麋新。"

②风流子：原唐教坊曲名，后用为词牌，分单调、双调两体。单调三十四字，仄韵。

③楸枰（qiū píng）：棋盘，古时多用楸木制作，故名。唐温庭筠《观棋》诗："闲对楸枰倾一壶，黄华坪上几成卢。"

④樽酒：犹杯酒。

⑤髀里今生肉：因久不骑马，大腿上的肉又长起来了。形容长久过着安逸的生活，无所作为。语出《三国志·蜀志·先主传》裴松之注引晋司马彪《九州春秋》："备曰：'吾长身不离鞍，髀肉皆消。今不复骑，髀里肉生。'"

南乡子（何处淬吴钩）

何处淬[1]吴钩[2]？一片城荒枕碧流[3]。曾是当年龙战地[4]，飕飕。塞草霜风满地秋。

霸业[5]等闲休。跃马横戈[6]总白头。莫把韶华轻换了，封侯[7]。多少英雄只废丘[8]。

【注释】

①淬：淬火。

②吴钩：兵器，形似剑而曲，春秋吴人善铸钩，故称，后也泛指利剑。

③碧流：绿水。

④龙战地：指古战场。龙战，本谓阴阳二气交战。《易经·坤卦》："龙战于野，其血玄黄。"后遂以喻群雄争夺天下。

⑤霸业：指称霸诸侯或维持霸权的大业。

⑥跃马横戈：谓手持武器，纵马驰骋。指在沙场作战。

⑦封侯：封拜侯爵，泛指显赫功名。

⑧废丘：荒废的土丘。清汤潜《广陵杨花篇》诗："风流千古隋天子，回首雷塘只废丘。"

鹊桥仙（月华如水）

月华如水，波纹似练，几簇淡烟衰柳。塞鸿[①]一夜尽南飞，谁与问倚楼人瘦？

韵拈风絮[②]，录成金石[③]，不是舞裙歌袖。从前负尽扫眉才[④]，又担阁[⑤]镜囊[⑥]重绣。

【注释】

①塞鸿：唐王仙客苍头塞鸿传情，因常以“塞鸿”指代信使。

②韵拈风絮：指谢道韫咏雪之典。

③金石：指《金石录》，宋赵明诚撰。赵明诚之妻李清照，号易安居士，宋代著名词人，对金石书画也有相当高的造诣，《金石录》一书，实际是夫妇二人的合著。

④扫眉才：指有文学才能的女子。

⑤担阁：耽搁，耽误。

⑥镜囊：盛镜子和其他梳妆用品的袋子。

补遗卷一

望江南　咏弦月（初八月）

初八月[①]，半镜上青霄[②]。斜倚画阑娇不语，暗移梅影过红桥，裙带北风飘。

【注释】

①初八月：即上弦月。农历每月的初七或初八，月亮呈月牙形，其弧在右侧。

②青霄：青天，高空。

鹧鸪天　离恨（背立盈盈故作羞）

背立盈盈故作羞，手挼[①]梅蕊打肩头。欲将离恨寻郎说，待得郎来恨却休。

云淡淡，水悠悠，一声横笛[②]锁空楼。何时共泛春溪月，断岸[③]垂杨[④]一叶舟。

【注释】

①手挼（ruó）：用手揉弄。

②横笛：笛子。即今七孔横吹之笛，与古笛之直吹者相对而言。

③断岸：江边绝壁。

④垂杨：垂柳，古诗文中杨柳常通用。

【点评】

性德词多用王彦泓诗中语，而每能化污为洁，转浊成清。其“手挼梅蕊打肩头”，即自次回“大将瓜子到肩头”出，然一雅致，一俗恶；一写闺中静好，一状楼头倡女，情趣高下，了然可见。彦泓诗颇涉邪狎，境味尘下，少有佳章。余尝遍读其《疑雨》《疑云》，惟取其“阅世已知寒暖变，逢人真觉笑啼难”二句。

——赵秀亭

明月棹孤舟　海淀[①]（一片亭亭空凝伫）

一片亭亭空凝伫。趁西风、霓裳遍舞。白鸟惊飞，菰蒲[②]叶乱，断续浣纱人语。

丹碧[3]驳残秋夜雨。风吹去、采菱越女[4]。辘轳[5]声断，昏鸦欲起，多少博山情绪。

【注释】

①海淀：指今北京西郊之海淀镇。即纳兰家别墅自怡园，后自怡园并入圆明园之长春园。

②菰蒲：指菰和蒲。水边多年生草本植物，地下茎白，地上茎直立，开紫红色小花。

③丹碧：泛指涂饰在建筑物或器物上的色彩。犹丹青，指绘画。

④越女：古代越国多出美女，西施尤其著名，后因以泛指越地美女。

⑤辘轳：安在井上绞起汲水斗的器具。

临江仙（昨夜个人曾有约）

昨夜个人曾有约，严城[1]玉漏三更。一钩新月[2]几疏星。夜阑犹未寝，人静鼠窥灯。

原是瞿唐[3]风间阻[4]，错教人恨无情。小阑干外寂无声。几回肠断处，风动护花铃。

【注释】

①严城：戒备森严的城池。唐皇甫冉《与张湮宿刘八城东庄》诗："寒芜连古渡，云树近严城。"

②新月：农历每月初出现的弯形月亮。

③瞿唐：即瞿塘，峡名，为长江三峡之首，也称夔峡。西起四川奉节白帝城，东至巫山大溪，两岸悬崖壁立，江流湍急，山势险峻，号称西蜀门户，峡口有夔门和滟堆。

④间阻：阻隔，间隔。

望海潮　宝珠洞[1]（汉陵风雨）

汉陵[2]风雨，寒烟衰草，江山满目兴亡。白日空山，夜深清呗[3]，算来别是凄凉。往事最堪伤，想铜驼巷陌[4]，金谷[5]风光。几处离宫[6]，至今童子牧牛羊。

荒沙一片茫茫，有桑乾[7]一线，雪冷雕翔。一道炊烟，三分梦雨，忍看林表[8]斜阳。归雁两三行，见乱云低水，铁骑荒冈。僧饭黄昏，松门[9]凉月拂衣裳。

【注释】

①宝珠洞：今北京西郊八大处之宝珠洞。洞在第七处，是为八大处最高处。

②汉陵：此处指荒凉冷落的陵墓。

③清呗：谓佛教徒念经诵偈的声音。

④铜驼巷陌：地名，即铜驼街，在今河南洛阳古洛阳城中，古代著名的繁华区域。

⑤金谷：古地名，在今河南洛阳西北，泛指富贵人家盛极一时但好景不长的豪华园林。

⑥离宫：古代帝王在都城之外的宫殿，也泛指皇帝出巡时的住所。

⑦桑乾：河名，今永定河的上游。相传每年桑葚成熟时河水干涸，故名。

⑧林表：林梢之外。

⑨松门：谓以松为门，前植松树的屋门。宋陆游《书怀绝句》之一：“老僧晓出松门去，手挈军持取涧泉。”

忆江南（江南忆，鸾辂此经过）

江南忆，鸾辂①此经过。一掬胭脂②沉碧甃，四围亭壁幛红罗③。消息④暑风多。

【注释】

①鸾辂（lù）：天子王侯所乘之车。《吕氏春秋·孟春纪》：“天子居青阳左个。乘鸾辂，驾苍龙。”高诱注：“辂，车也。鸾鸟在衡，和在轼，鸣相应和。后世不能复致，铸铜为之，饰以金，谓之鸾辂也。”

②胭脂：指胭脂井，即南朝陈景阳宫的景阳井，故址在今南京市。隋兵南下，陈后主与妃张丽华、孔贵嫔并投此井，故又名辱井。井有石栏，呈红色，好事者附会为胭脂所染，呼为胭脂井。

③红罗：红色的轻软丝织品。

④消息：变化。

忆江南（春去也，人在画楼东）

春去也，人在画楼①东。芳草绿黏天一角，落花红沁水三弓②。好景共谁同？

【注释】

①画楼：雕饰华丽的楼房。

②弓：旧时丈量地亩用的器具和计算单位。

赤枣子（风淅淅）

风淅淅[①]，雨纤纤[②]。难怪春愁细细添。记不分明疑是梦，梦来还隔一重帘。

【注释】

①淅淅：象声词，形容轻微的风声。

②纤纤：形容细长。

玉连环影（才睡）

才睡。愁压衾花[①]碎。细数更筹[②]，眼看银虫[③]坠。梦难凭，讯难真，只是赚[④]伊终日两眉颦[⑤]。

【注释】

①衾花：织印在衾被上的花卉图案。

②更筹：古代夜间报更用的计时竹签，借指时间。

③银虫：指蜡烛的烛花。

④赚：赚得，赢得。

⑤颦：皱眉。

如梦令（万帐穹庐人醉）

万帐穹庐[①]人醉，星影摇摇欲坠。归梦隔狼河，又被河声搅碎。还睡，还睡，解道[②]醒来无味。

【注释】

①穹庐：古代游牧民族居住的毡帐。

②解道：知道。

天仙子（月落城乌啼未了）

月落城乌[①]啼未了，起来翻为无眠早。薄霜庭院怯生衣[②]，心悄悄，红阑绕，此情待共谁人晓。

【注释】

①城乌：城墙上的乌鸦。

②生衣：夏衣。

浣溪沙（锦样年华水样流）

锦样年华水样流，鲛珠[①]迸落[②]更难收。病余常是怯梳头。
一径绿云[③]修竹怨，半窗红日落花愁。愔愔[④]只是下帘钩。

【注释】

①鲛珠：神话传说中鲛人泪珠所化的珍珠，比喻泪珠。

②迸落：散落。

③绿云：如云般繁茂的绿叶。

④愔愔：幽深、悄寂貌。

浣溪沙（肯把离情容易看）

肯把离情容易看，要从容易见艰难。难抛往事一般般[①]。
今夜灯前形共影，枕函虚置翠衾单。更无人与共春寒。

【注释】

①一般般：一样样，一件件。

浣溪沙（已惯天涯莫浪愁）

已惯天涯莫浪愁[①]，寒云衰草渐成秋。漫[②]因睡起又登楼。
伴我萧萧[③]惟代马[④]，笑人寂寂[⑤]有牵牛。劳人[⑥]只合一生休。

【注释】

①浪愁：空愁，无谓地忧愁。

②漫：副词，莫、不要。

③萧萧：形容马嘶鸣声。

④代马：北地所产良马。代，古代郡地，后泛指北方边塞地区。《文选·曹植〈朔风诗〉》："仰彼朔风，用怀魏都。愿骋代马，倏忽北徂。"刘良注："代马，胡马也；忽，疾也；徂，往也。言驰胡马疾行而北往也。"

⑤寂寂：形容寂静。

⑥劳人：忧伤之人。《诗·小雅·巷伯》："骄人好好，劳人草草。苍天苍天！视彼骄人，矜此劳人。"高诱《淮南子》注："劳，忧也。""劳人"即忧人也。

【点评】

这是写征戍者思念家乡的词。他在荒外，心情寂寞，觉得只有代马陪伴自己，觉得连那年年和织女分离的牛郎星，也来讪笑他的孤寂。五、六两句，写得凄苦。

——黄天骥

采桑子　居庸关[①]（巂周声里严关峙）

巂周[②]声里严关[③]峙，匹马登登[④]，乱踏黄尘。听报邮签[⑤]第几程。

行人莫话前朝事，风雨诸陵。寂寞鱼灯[⑥]，天寿山[⑦]头冷月横。

【注释】

①居庸关：关名。旧称军都关、蓟门关，长城重要关口，控军都山隘道（军都陉）中枢。据传秦修长城时，将一批庸徒（佣工）徙居于此，故得名“居庸”。

②巂（guī）周：谓车轮转一周。巂，通“规”。《礼记·曲礼》上：“立视五巂。”

③严关：险要的关门，险要的关隘。

④登登：象声词，指马蹄声。

⑤邮签：驿馆驿船等夜间报时的更筹。杜甫《宿青草湖》：“宿桨依农事，邮签报水程。”

⑥鱼灯：鱼形的灯。

⑦天寿山：天寿山位于北京昌平东北部。山麓一带黄土深厚，原名黄土山，明建十三陵后改名天寿山。地势险要，上陡下缓，南临十三陵盆地；东西扼山口，古为军事要地。

清平乐（参横月落）

参横月落[①]，客绪从谁托。望里家山云漠漠[②]，似有红楼[③]一角。

不如意事年年，消磨绝塞风烟。输与五陵公子[④]，此时梦绕花前。

【注释】

①参横月落：月亮已落，参星横斜，形容夜深。

②漠漠：紧密分布或大面积分布的样子。

③红楼：指家园的楼阁。

④五陵公子：指京都富豪子弟。五陵，西汉五个皇帝陵墓所在地，长陵、安陵、阳陵、茂陵、平陵五县的合称；西汉高祖、惠帝、景帝、武帝、昭帝的陵园；唐代高祖、太宗、高宗、中宗、睿宗的陵园。后以五陵代指京都繁华之地。

清平乐（角声哀咽）

角声[①]哀咽，幞被[②]驮残月。过去华年如电掣[③]，禁得番番离别。

一鞭冲破黄埃，乱山影里徘徊。蓦忆去年今日，十三陵下归来。

【注释】

①角声：画角之声，古代军中吹角以为昏明之节。

②幞（fú）被：用包袱捆上衣被。

③电掣：电光急闪而过，喻迅速、转瞬即逝。

清平乐（画屏无睡）

画屏无睡，雨点惊风碎。贪话零星兰焰[①]坠，闲了半床红被。

生来柳絮飘零。便教咒[②]也无灵。待问归期还未，已看双睫盈盈。

【注释】

①兰焰：即烛花。

②咒：祈祷。

秋千索（锦帷初卷蝉云绕）

锦帷[①]初卷蝉云[②]绕，却待要、起来还早。不成薄[③]睡倚香篝，一缕缕、残烟袅。

绿阴满地红阑悄，更添与、催归啼鸟[④]。可怜春去又经时[⑤]，只莫被、人知了。

【注释】

①锦帷：锦帐。

②蝉云：谓蝉鬓形的发式像乌云一样盘绕着，此为女子睡起时头发已松散的形貌。

③薄：微微，略微。

④催归啼鸟：指杜鹃鸟。

⑤经时：许久。唐权德舆《玉台体》之九：“莫作经时别，西邻是宋家。”

浪淘沙　秋思（霜讯下银塘）

霜讯[①]下银塘，并作新凉。奈他青女[②]忒轻狂。端正一枝荷叶盖，护了鸳鸯。

燕子要还乡，惜别雕梁。更无人处倚斜阳。还是薄情[3]还是恨，仔细思量。

【注释】

①霜讯：即霜信，霜期来临的消息。

②青女：传说中掌管霜雪的女神，此处指冷风。

③薄情：不念情义，多用于男女之间的情爱。

虞美人　秋夕信步（愁痕满地无人省）

愁痕满地无人省，露湿琅玕[1]影。闲阶[2]小立倍荒凉。还胜旧时月色在潇湘。

薄情转是多情累，曲曲柔肠碎。红笺向壁[3]字模糊，忆共灯前呵手为伊书。

【注释】

①琅玕：一种青色似珠玉的美石，是孔雀石的一种，又名绿青。此处喻竹。

②闲阶：空荡寂寞的台阶。

③向壁：面对墙壁。

补遗卷二

渔父（收却纶竿落照红）

收却纶竿[①]落照红，秋风宁为[②]剪[③]芙蓉。人淡淡，水蒙蒙，吹入芦花短笛中。

【注释】

①纶竿：钓竿。

②宁为：乃为，竟为。

③剪：齐整、摇动貌。

【点评】

一时胜流，咸谓此词可与张志和《渔歌子》并传不朽。

——唐圭璋

菩萨蛮　过张见阳山居赋赠（车尘马迹纷如织）

车尘马迹纷如织，羡君筑处真幽僻。柿叶[①]一林红，萧萧四面风。

功名应看镜，明月秋河[②]影。安得此山间，与君高卧[③]闲。

【注释】

①柿叶：柿树的叶子，经霜即红。诗文中常用以渲染秋色。

②秋河：即银河。

③高卧：高枕而卧，比喻隐居，亦指隐居不仕的人。

南乡子　秋暮村居（红叶满寒溪）

红叶满寒溪[①]，一路空山万木齐。试上小楼极目望，高低，一片烟笼十里陂[②]。

吠犬杂鸣鸡，灯火荧荧[③]归路迷。乍逐横山时近远，东西，家在寒林[④]独掩扉。

【注释】

①寒溪：寒冷的溪流。

②陂：山坡。

③荧荧：灯光闪烁的样子。唐杜牧《阿房宫赋》：“明星荧荧，开妆镜也。”

④寒林：秋冬的林木。

雨中花（楼上疏烟楼下路）

楼上疏烟[①]楼下路，正招余、绿杨深处。奈卷地西风，惊回残梦[②]，几点打窗雨。

夜深雁掠东檐去。赤憎是、断魂砧杵。算酌酒忘忧，梦阑酒醒，愁思知何许？

【注释】

①疏烟：谓香火冷落。

②残梦：谓零乱不全之梦。

浣溪沙　郊游联句[①]（出郭寻春春已阑）

出郭寻春春已阑（陈维崧），东风吹面不成寒（秦松龄）。青村几曲到西山（严绳孙）。

并马未须愁路远（姜宸英），看花且莫放杯闲（朱彝尊）。人生别易会常难（纳兰性德）。

【注释】

①联句：古代作诗的一种方式，是指一首诗由两人或多人共同创作，每人一句或数句，联结成一篇。此篇是纳兰与友人合作的一首词，共六句，陈、秦、严、姜、朱、纳兰各成一句。